Max Allan Collins s'est fait connaître en France grâce à la publication dans la « Série noire » de polars mettant en scène le privé Nathan Heller.
Son roman graphique, *Les Sentiers de la perdition*, a inspiré le film de Sam Mendes récompensé aux Oscars. Ses collaborations dans l'univers des comics incluent *Dick Tracy*, *Batman*, et *Les Experts*, pour lequel il a également écrit le scénario d'un jeu vidéo et une série de romans à succès classés dans la liste des best-sellers du quotidien *USA Today*.
Ses autres travaux comprennent des critiques cinématographiques, des nouvelles, des chansons et des novélisations de films ou de séries télé, parmi lesquelles les best-sellers *Il faut sauver le soldat Ryan*, *Air Force One* et *Dans la ligne de mire*.
Il vit dans l'Iowa en compagnie de sa femme, la romancière Barbara Collins.

www.milady.fr

Max Allan Collins

X-Files : Régénération

Traduit de l'anglais (États-Unis) par Fabrice Joly

Un roman de Max Allan Collins

d'après le scénario de
Chris Carter et Frank Spotnitz

Bragelonne

Milady est un label des éditions Bragelonne

Titre original : *The X-Files : I Want to Believe*

ISBN : 978-2-8112-0021-3

Bragelonne – Milady
35, rue de la Bienfaisance – 75008 Paris

E-mail : info@milady.fr
Site Internet : http://www.milady.fr

« Les scientifiques furent taxés d'hérésie extrême par l'Église alors que ces hommes étaient vraiment religieux parce qu'ils avaient foi en l'ordre de l'Univers. »

Albert Einstein

1

La campagne virginienne
6 janvier

Le temps avait été si couvert durant la journée que Monica Bannan remarqua à peine l'arrivée du crépuscule, tandis que la froide lueur du jour tentait de s'accrocher aux couleurs maussades de l'hiver… en vain. Des arbres squelettiques et quelques rares fermes parsemaient distinctement l'horizon assombri de leurs formes noires, mais la jeune femme perçut en ces dernières un réconfort, un apaisement, non un danger et encore moins une menace. D'ailleurs, elle prit conscience que la nuit était tombée lorsque les phares de son véhicule s'allumèrent automatiquement.

Le chauffage ronronnait à l'intérieur de sa voiture et elle avait presque trop chaud, vêtue comme elle l'était de son sweat-shirt à capuche, de son gilet sans manches coupe-vent et de son pantalon de jogging. Ses cheveux blonds bouclés et humides, qu'elle avait coiffés en arrière après son passage à la piscine en sortant du travail, allaient cependant geler dans le froid. Heureusement, elle n'avait que quelques mètres à franchir entre l'auvent sous lequel elle stationnait son véhicule et sa maison chauffée. Elle pouvait courir ce risque.

Sans maquillage et avec son nez proéminent, Monica avait une apparence presque quelconque alors qu'elle était plutôt séduisante – elle avait même été mannequin, lorsqu'elle était plus jeune. Mais désormais, à l'approche de la trentaine, elle faisait partie de cette armée de femmes professionnelles qui travaillait pour le gouvernement dans la ville voisine de Washington, D.C.

Sa journée avait été longue et ordinaire, et elle l'oublierait rapidement. Monica était impatiente de passer une soirée tranquille devant sa télévision avec la chaleur d'un bon feu de cheminée en compagnie de Ranger, son corniaud de berger allemand, pelotonné sur le divan, sa grosse tête posée sur ses genoux.

Le petit ensemble d'habitations se dessina devant elle, la nuit tombante leur donnait l'aspect de simples structures rectangulaires sombres. La neige avait cessé de tomber en milieu d'après-midi, mais les routes étaient encore assez glissantes et des plaques de verglas apparaissaient ici et là. C'est pourquoi elle fit preuve d'une extrême prudence lorsqu'elle s'engagea dans le virage qui menait au lotissement.

Pourtant, elle guida bientôt sa voiture dans l'allée en pente et s'arrêta sous l'auvent situé à côté de sa maison en bardeaux de plain-pied dont la plupart des lumières étaient éteintes. Si elle avait regardé dans son rétroviseur, elle aurait vu – même brièvement – l'individu imposant qui passa derrière sa voiture, auréolé de la lumière rougeâtre des feux arrière.

Mais elle ne vit rien.

Elle coupa le contact, son bracelet médical d'identification effleurant légèrement le tableau de bord, et s'apprêta à quitter son véhicule – les affaires dans le coffre pouvaient bien attendre – lorsqu'elle entendit Ranger qui piquait une crise dans la maison.

Bien évidemment, elle savait qu'elle aurait dû laisser l'animal à l'extérieur – ne s'était-elle pas donné la peine d'installer une niche dans le jardin ? Mais avec ce froid, ce satané et foutu froid glacial, comment aurait-elle pu faire subir une telle chose au seul mâle qui partageait actuellement sa vie ?

Par conséquent, Ranger se trouvait à l'intérieur de la maison et aboyait comme un dingue. Après un moment, Monica prit conscience que les aboiements et les grognements du chien, qu'il réservait d'ordinaire aux chats et aux écureuils, étaient plutôt menaçants qu'accueillants.

La jeune femme ouvrit sa portière et descendit de voiture.

— Ranger ! Sois gentil ! Calme-toi ! Ce n'est que *moi*...

Elle n'avait pas encore fait un pas vers sa maison qu'elle aperçut quelque chose qui vint contredire aussitôt ses paroles : *des empreintes de pas dans la neige.*

Monica s'immobilisa instantanément, comme gelée, presque littéralement, ses cheveux humides se raidissant déjà malgré la capuche. Elle se tenait encore à peu près sous l'auvent à côté de son véhicule et son esprit tentait de surmonter la peur qui montait en elle.

Si Ranger aboie, c'est que ces empreintes sont fraîches...

Elle fit un pas en arrière, les aboiements étouffés et excités de Ranger résonnaient encore à ses oreilles, et son regard se posa sur le mur du fond où une collection d'outils de jardinage était alignée dans l'attente d'un temps plus clément. Un de ces outils pourrait peut-être lui servir d'arme et l'aider à couvrir cette courte mais infinie distance qui la séparait de sa maison, dans laquelle une véritable arme à feu l'attendait.

C'est à ce moment-là que l'individu, vêtu d'habits d'hiver épais, apparut. Sa veste polaire bombée donnait l'impression qu'il avait des muscles hypertrophiés, de la buée s'échappait de sa bouche. Le visage de l'homme fort était à peine visible dans la pénombre ; elle parvint toutefois à distinguer des traits taillés à la serpe et des yeux clairs plus froids que l'hiver.

Il la dévisagea.

Il approcha.

Il tendit les bras vers elle.

Monica s'empara d'une bêche parmi les outils et l'agita violemment devant elle comme si elle se frayait un chemin à travers la jungle à coups de machette.

D'instinct, l'homme leva ses mains gantées pour se protéger, mais les dents pointues de l'outil de jardinage lui lacérèrent le poignet et déchirèrent ses chairs, laissant également de profondes entailles rouges sur sa joue.

Les aboiements de Ranger parurent s'intensifier tandis que Monica repérait le trajet jusqu'à la maison, une idée qu'elle oublia rapidement lorsqu'un nouvel intrus sortit des ténèbres pour lui bloquer le passage.

Cet autre individu imposant portait lui aussi des vêtements d'hiver épais. Il avait de longs cheveux bruns luisants de graisse et un visage anguleux à l'aspect impitoyable d'où son souffle s'échappait comme de la fumée.

Raspoutine, pensa-t-elle en le voyant.

La bêche, avec son long manche, était trop lourde et trop encombrante pour que Monica puisse courir – une part d'elle-même la réprimanda à cet instant : elle aurait pu choisir quelque chose de moins volumineux –, et Monica n'eut d'autre choix que de la jeter sur le premier intrus. L'autre individu posa les mains sur elle pour l'agripper, mais elle s'enfuit presque aussitôt au pas de course en direction des bois lointains situés derrière la rangée de maisons.

Lorsqu'elle aurait gagné le couvert des arbres, elle pourrait les contourner pour revenir sur ses pas et demander l'aide d'un voisin. Mais elle devait d'abord s'éloigner de ces agresseurs au physique imposant…

Monica était en bonne forme et possédait un corps mince, agile et musclé : elle pouvait y arriver. Elle avait bon espoir.

Malheureusement, les deux hommes étaient aussi rapides que grands, et elle entendit dans son dos leurs pas lourds qui faisaient craquer la neige, la glace, les brindilles et les feuilles. Leurs souffles haletants, mais pas laborieux, faisaient un contrepoint troublant avec le sien, entrecoupé par la peur.

Les paroles d'un poème de Frost s'imposèrent à son esprit en un refrain de panique muette : *Les bois sont sublimes, sombres et profonds. Mais j'ai des promesses à tenir et des lieues à parcourir avant de m'endormir...*

Puis ils la rattrapèrent.

Au loin, elle entendit Ranger qui continuait à aboyer, encore et encore, mais comme sa maîtresse, il ne pouvait rien faire contre ces hommes qui finirent par occulter le peu de lumière qui subsistait.

Tandis qu'ils maîtrisaient la jeune femme qui se débattait farouchement, ses deux bras ne pouvant pas rivaliser avec les leurs, Monica Bannan ne pouvait savoir que le bracelet médical d'identification qu'elle portait au poignet avait une signification spéciale pour ces hommes...

... comme ces derniers ne pouvaient pas savoir qu'ils commettaient une grossière erreur en choisissant cette victime particulière dont la profession ne les intéressait guère.

Car ces visiteurs de la nuit ne savaient pas qu'ils avaient porté leur choix, pour leurs desseins malveillants, sur un agent du FBI.

La campagne virginienne
9 janvier

Les membres de l'équipe de recherche du FBI abandonnèrent leurs 4×4 noirs sur le bord de la route et s'engagèrent dans la campagne. Le manteau neigeux était trop épais pour que les hommes et les chiens s'y déplacent avec facilité et la réverbération de la lumière sur ce vaste océan blanc avait incité la plupart des agents à s'équiper de lunettes de soleil. Une longue rangée d'hommes et de femmes avançait dans la zone désignée, en direction des bois à l'horizon. Chacun d'entre eux, y compris l'agent spécial adjoint Dakota Whitney, qui était responsable de l'enquête, portait une veste noire sur laquelle les lettres « FBI » étaient imprimées distinctement en jaune.

À l'exception d'une personne.

Un individu portait une veste grise et un pantalon gris. Il n'était pas vêtu assez chaudement pour ce climat glacial ; le grand homme aux cheveux poivre et sel ébouriffés, au visage allongé et pâle orné d'un bouc grisonnant, ses traits charmants crispés par l'inquiétude, marchait d'un pas lourd devant les forces de l'ordre. Tous les membres de l'équipe de recherche, y compris les chiens, suivaient ce civil.

— FAITES-LUI DE LA PLACE ! lança Whitney à ses collègues.

Elle se demanda cependant pourquoi. Elle devait être folle pour prendre des mesures aussi extrêmes. Mais sa collègue, Monica Bannan, avait disparu, et il fallait agir, même si la situation semblait désespérée. Ils avaient déjà tout tenté, chacune des procédures recommandées ainsi que quelques-unes qui ne figuraient pas dans les manuels.

Et la mesure qu'ils venaient d'adopter était la moins officielle d'entre toutes.

Grande, mince et redoutable, ses longs cheveux bruns dissimulés sous la capuche de sa parka du FBI, la beauté aux yeux sombres qui se nommait Dakota Whitney n'avait pas gagné ses galons en jouant la sécurité. À trente-six ans, elle était réputée pour son intelligence, sa force de caractère, sa volonté de prendre des risques et même de passer outre les procédures lorsqu'une affaire le requérait. Et Whitney ferait tout ce qu'elle pourrait pour retrouver sa collègue, son amie…

À ce moment précis, ses yeux, et ses espoirs, étaient rivés sur cet épouvantail humain mal assuré qui avançait péniblement dans la neige.

Subitement, comme s'il avait été en état d'ivresse, ses yeux noirs emplis d'une attention nerveuse, le civil s'arrêta et se tourna vers les agents du FBI.

— C'est *là*…, leur dit-il.

Il se remit en marche aussitôt.

L'équipe lui emboîta le pas.

Le vent soufflait bruyamment, comme si le ciel lui-même se raillait de leurs efforts. Whitney ne savait pas si elle devait lui donner raison, mais elle ne riait pas et ne souriait pas. Son regard suivait chacun des pas du grand homme, des pas à la fois résolus et mal assurés, comme si cet individu farouche semblait savoir précisément où il se dirigeait – si d'aventure il ne glissait pas avant.

Comme guidé par un marionnettiste invisible, il changea brusquement de direction et faillit tomber (peut-être pour imprimer un ange de neige dans le sol). Puis il se mit à courir. Les rafales de vent le ralentirent mais ne le stoppèrent pas dans sa course.

Whitney et ses hommes le suivirent en tentant de maintenir la même allure, les regards de ces derniers à la fois posés sur leur chef et sur le civil.

— Restez à sa hauteur..., laissez-le faire. Mais ne le lâchez pas, cria-t-elle à son équipe.

L'homme aux cheveux emmêlés et à la veste grise courait maintenant aussi vite que possible dans la neige épaisse, le souffle court, ses pas difficiles mais décidés. C'était un homme doté d'une mission, un homme possédé...

Soudain, leur guide improbable tomba à quatre pattes comme s'il s'était évanoui – mais ce n'était pas le cas. Comme un mineur qui a trouvé de l'or, il se mit à crier :

— C'est là ! C'est là !

— ALLEZ ! cria Whitney. ALLEZ-Y !

— C'est là ! C'EST LÀ !

En quelques secondes, les agents du FBI, Whitney à leur tête, encerclèrent le civil qui était toujours étendu dans la neige, comme s'il priait.

Mais il ne priait pas. Du moins, pas encore.

Il creusait la neige avec ses mains gantées et la dégageait avec un empressement et une rapidité qui ne faisaient qu'augmenter.

Whitney se pencha, à la fois indignée d'avoir pris au sérieux les inepties de ce malade et pleine d'espoir que cet homme étrange les ait véritablement menés quelque part.

Ou vers quelque chose.

La blancheur neigeuse fut bientôt remplacée par une chose grisâtre qui aurait pu être de la boue – mais ce n'était pas ça : ce gris avait jadis été rose – et dont la texture ne ressemblait en rien à ce qui l'environnait.

— ARRÊTEZ ! Je vais m'en occuper à partir de là, lui dit Whitney.

Mais sa manière de creuser la neige ne se révéla pas plus scientifique que celle de l'homme aux cheveux en bataille qui, lui, ne s'arrêta pas. Ils avaient tous deux vu la même chose – de la chair humaine, horriblement décolorée –, et le malaise qui nouait l'estomac de Whitney fut bientôt supplanté par un sentiment de soulagement, puis de perplexité.

Leur guide les avait assurément menés vers quelque chose d'humain : *un bras tranché.*

Et oui, Whitney fut profondément soulagée de découvrir que ce bras appartenait à un homme, pas à une femme, et que ce membre ne pouvait pas être, et *n'était pas*, celui de l'agent spécial Monica Bannan.

Mais un second mystère s'ajoutait désormais à la disparition de Monica : à qui appartenait ce bras ?

Et pourquoi y avait-il une horrible entaille le long du poignet ?

2

Hôpital Notre-Dame-des-Peines
Richmond, Virginie
9 janvier

L'attention des médecins assis autour de la table de conférence était tournée vers une de leurs consœurs, une Afro-Américaine aux yeux calmes et pleine d'assurance, vêtue de blanc. Ce personnage autoritaire à l'apparence distinguée n'était pas assis à l'extrémité de la table, mais s'adressait à eux par l'intermédiaire d'un écran plat fixé au mur.

— J'ai étudié les documents que vous m'avez envoyés, leur annonça le médecin par la liaison satellite, et j'ai consulté un autre neurologue en pédiatrie qui travaille ici avec moi. Je dois avouer que deux choses nous alertent.

— La carence au niveau du métabolisme des lipides et la production d'enzymes très faible, déclara le docteur Dana Scully.

Tous les regards, y compris celui du visage sur l'écran vidéo, se tournèrent vers la belle femme aux cheveux roux qui venait de parler d'un ton si pragmatique. Encadrés de sa longue chevelure blond vénitien qui retombait sur une blouse blanche, les traits de Dana Scully évoquaient ceux d'une ravissante Gibson Girl [1] du début du XXe siècle. Mais dans cette première décennie du XXIe siècle, cette femme menue à la silhouette harmonieuse, âgée d'une quarantaine d'années, était un docteur en médecine respecté. Ses yeux bleu-vert étaient rivés sur l'écran et exprimaient un apparent détachement.

— C'est ça, répondit le docteur à l'écran. C'est exactement ça.

— Ces deux rapports indiquent une maladie de surcharge lysosomale.

— En effet. (Le médecin parut quelque peu décontenancé, son effet était gâché.) Vous êtes le médecin principal du garçon, docteur euh…

— Scully. Dana Scully.

— Docteur Scully, c'est ça. Et vous avez testé ses fonctions lysosomales ?

— Je crois savoir que vous avez tous mes résultats en votre possession. Ces derniers devraient être complets.

À l'écran, le médecin se mit à fouiller dans ses nombreux documents.

Cette femme a-t-elle bien lu mon rapport ? se demanda Scully.

— Je crains, poursuivit Scully sur un ton neutre afin de ne rien révéler de son agacement à l'égard de ce médecin consultant grassement payé, que ce

---

1. Personnification de l'idéal féminin comme dépeint dans les illustrations de Charles Dana Gibson. (*NdT*)

soit une maladie dégénérative du cerveau de type 2… comme la maladie de Sandhoff.

Même si Scully n'avait pas besoin de s'y référer, toutes ces informations étaient à portée de main : à l'intérieur d'un carnet dans lequel, sur la deuxième de couverture, elle avait scotché la photographie de son patient, le jeune Christian Fearon. Ainsi, chaque fois qu'elle devait consulter ses notes médicales si austères, elle voyait tout d'abord le visage souriant et enjoué du garçon de six ans. La photo était signée : « Pour le docteur Scully. Avec amour, Christian. »

— Ce qui m'inquiète, déclara Scully, c'est que les enzymes de mon patient n'assimilent pas les lipides de son cerveau, provoquent chez un lui une atrophie et…

— Si vous soupçonnez la maladie de Sandhoff, l'interrompit la tête désincarnée sur l'écran vidéo, il faudrait mesurer le taux d'hexosaminidase du garçon…

— Un test que j'ai déjà fait, bien évidemment. Ce que je recherche surtout, docteur, c'est un traitement.

— Il n'existe aucun traitement pour la maladie de Sandhoff.

La réponse du médecin par l'intermédiaire du satellite avait été brusque, glaciale même. Et ce n'était pas la réponse que Scully avait espérée de la part d'un consultant aussi respecté. L'espace d'un instant son masque tout professionnel tomba, laissant entrevoir la femme bienveillante.

La tête à l'écran n'en éprouva pas davantage d'empathie et elle ajouta sur un ton acerbe :

— Mais *s'il* existait un traitement, docteur Scully, je suis persuadée que vous me le diriez.

Malgré cette remarque déplacée, Scully ne répondit rien. Elle ne se soucia même pas de rappeler à leur hôte qu'une consultation de ce type devrait normalement inclure une certaine courtoisie et que tout conflit d'ego était totalement inapproprié. Elle avait le sentiment d'avoir reçu un coup au ventre, comme si tout l'air contenu dans ses poumons, ainsi que ses espoirs, venait d'être soufflé.

Les regards de ses collègues étaient posés sur elle. Ces hommes et ces femmes voyaient en Scully une professionnelle qui faisait preuve d'impartialité et d'esprit scientifique. Ils furent surpris par les émotions qu'elle venait de laisser transparaître et qui contrastaient avec son attitude habituellement posée.

Mais aucun visage ne trahit plus franchement cette surprise que celui du père Ybarra, le prêtre qui était également le vénérable administrateur en chef de l'hôpital.

Scully parvint à remercier le médecin consultant d'avoir partagé ses connaissances, rassembla ses affaires et se leva.

— Dana, lui lança le père Ybarra depuis son siège.

Elle s'arrêta à la porte.

Le grand homme presque squelettique au visage allongé et triste, mais au regard affable, âgé d'une quarantaine d'années, se leva à son tour.

— Je sais que vous devez être déçue. Sachez que je dirai une prière pour votre jeune patient.

— Moi aussi, mon père. Mais je ne suis pas encore prête à l'abandonner aux mains de Dieu.

Scully fit de son mieux pour éviter de trébucher en quittant la salle de conférences. Elle sentit qu'Ybarra l'observait et fut soulagée qu'il ne la suive pas.

Scully croisa plusieurs infirmières dans le couloir du vieil hôpital tandis qu'elle se dirigeait vers son bureau. L'opinion de la consultante pesait lourdement sur ses épaules et ralentissait ses mouvements. Comme elle gardait la tête baissée pour dissimuler son énorme déception, elle ne vit pas et manqua de bousculer la famille qu'elle voulait justement aider.

Margaret et Blair Fearon, un couple d'ouvriers ordinaires qui approchaient de la trentaine et qui méritaient une meilleure destinée ; ils poussaient le fauteuil roulant de leur fils Christian dans le couloir. Blair était un homme dégingandé aux cheveux châtains, et sa femme Margaret, une jolie blonde. Les regards pleins d'espoir des deux parents croisèrent celui de Scully qui dissimula immédiatement son désespoir avec une belle assurance.

Christian, quant à lui, le frêle garçon vêtu d'une robe d'hôpital ornée d'éléphants et de clowns, lui adressa un sourire aussi radieux que tordu : son cancer du cerveau qui progressait chaque jour lui avait rendu toute expression difficile.

— Bonjour, Christian. Comment te sens-tu ? demanda-t-elle en se penchant légèrement et en lui souriant.

— Ça va, docteur Scully, répondit-il. (Chacune de ses paroles nécessitait un effort de sa part, mais il semblait considérer qu'elles en valaient la peine.) Comment allez-vous ?

— Moi ? Ça va bien.

— Vous êtes jolie.

— Merci, Christian. C'est agréable à entendre venant d'un jeune garçon si séduisant.

Elle leva les yeux pour voir les expressions suppliantes des parents de Christian : leur espoir était presque aussi pénible à supporter que les paroles dures du médecin consultant.

Ces jeunes parents avaient vieilli de dix ans au cours des mois durant lesquels Scully les avait côtoyés. Ils avaient la même apparence hagarde que des réfugiés, et pourquoi s'étonner d'une telle comparaison ? Après tout, n'étaient-ils pas eux-mêmes des victimes dans cette guerre si personnelle ?

Blair Fearon hasarda un sourire.

— Docteur Scully, avez-vous obtenu un avis extérieur ?

— Oui. (Elle serra le carnet de notes que Christian lui avait donné, comme s'il s'agissait d'une bouée.) Je reviens à l'instant d'un entretien par liaison satellite.

— Les nouvelles sont bonnes ?

— Ça progresse. On va commencer par faire d'autres tests, précisa-t-elle en penchant la tête.

Le regard des deux parents se ternit davantage. De son fauteuil, Christian leva les yeux vers Scully. Le garçon était toujours aussi rayonnant alors qu'il avait connu plus que sa part d'horreurs hospitalières.

— Docteur Scully, dit Margaret, Christian a déjà subi des dizaines de tests. Le temps n'est-il pas venu de soigner cette maladie, de *vraiment* la soigner ?

— Bientôt, répondit Scully. (Le petit sourire qu'elle leur adressa était destiné à leur redonner un peu d'espoir mais pas trop.) La prochaine série de tests devrait nous indiquer la voie à suivre.

— Dana Scully…

Elle tournait le dos à ce nouvel interlocuteur et sentit que ces simples paroles n'étaient pas une façon pour l'inconnu de s'enquérir de son identité : il venait de lui intimer l'ordre de se retourner pour lui faire face.

Lorsqu'elle lui obéit bien malgré elle, Scully sut immédiatement à qui elle avait affaire en découvrant cet Afro-Américain qu'elle n'avait jamais vu : un homme de trente-cinq ans environ, à l'expression sérieuse et autoritaire, son mètre quatre-vingt-trois engoncé dans un costume bleu marine impeccable, une chemise bleue et une cravate à rayures bleues et noires parfaitement nouée.

Son costume, ainsi que le ton de sa voix, lui indiquait qu'elle se trouvait en présence d'un agent du FBI.

— Docteur Scully, lui annonça-t-il, je cherche Fox Mulder.

Elle sourit à la petite famille, s'excusa et s'éloigna, son grand visiteur large d'épaules sur les talons.

— Je suis l'agent spécial Mosley Drummy, dit-il. Et je travaille pour…

— Je crois deviner pour qui vous travaillez. (Elle continua de suivre le couloir, l'agent derrière elle.)

Vous travaillez pour des individus qui recherchent Fox Mulder depuis très longtemps.

Il lui répondit d'un ton brusque et professionnel.

— Les anciens péchés peuvent être pardonnés. Et les chefs d'accusation, effacés.

— Et pour quels motifs ?

La bouche de Drummy s'étira en un semblant de sourire.

— Le FBI doit parler rapidement avec Fox Mulder. Ils espèrent que vous pourrez les aider.

Scully s'arrêta brusquement, et l'agent l'imita. Ils se firent face.

— Vous ne comprenez pas, lui dit-elle. Je ne travaille plus avec Fox Mulder. Et je ne travaille plus non plus avec le FBI. La médecine médico-légale fait partie de mon passé. Je travaille désormais avec les vivants.

— C'est parfait alors, répliqua Drummy. Parce que si vous aviez la possibilité de contacter Mulder, ça pourrait sauver une vie.

Elle ne répondit rien, mais ne put dissimuler son intérêt.

— La vie d'un *agent du FBI*, docteur Scully.

Elle observa les traits durs et burinés de l'agent. Son regard était indéchiffrable, mais ce n'était pas étonnant – cette expression allait de pair avec la plaque et le revolver. Le ton de sa voix dénotait cependant une inquiétude certaine. La vie d'un agent était en jeu et l'agent spécial Mosley Drummy travaillait avec cette personne. Scully l'aurait parié.

Mais pouvait-elle être certaine que le FBI n'était pas en train de la manipuler ? Et que ces anciens péchés, ces anciens chefs d'accusation, allaient vraiment être oubliés et effacés ?

Et que Dana Scully n'allait pas trahir Fox Mulder ?

La campagne virginienne
9 janvier

La nuit n'était pas encore complètement tombée lorsque Dana Scully guida sa Taurus blanche sur une route à deux voies, au milieu d'un paysage enneigé digne d'une gravure de Courier et Ives. Mais lorsqu'elle s'engagea dans une allée anonyme fermée par une grille métallique à la peinture écaillée, l'attrait pittoresque du trajet s'évanouit en même temps que le jour.

Elle laissa tourner le moteur en quittant son véhicule, avança jusqu'à la grille et la déverrouilla. Scully ne put s'empêcher d'observer les environs à la recherche d'éventuels observateurs. Elle remonta ensuite dans sa voiture et franchit le portail, puis elle descendit de nouveau et le referma en le verrouillant. Elle scrutait les alentours avec méfiance, une habitude qu'elle avait peu à peu perdue au cours des mois et des années passés.

Jusqu'à maintenant.

La Taurus roula sur une route de gravier cahoteuse, en partie enneigée, et atteignit une petite maison de plain-pied trapue et triste. D'un aspect quelconque, la maison en bardeaux aurait eu l'air abandonnée sans les quelques lumières qu'on apercevait à l'intérieur.

L'intérieur – après que Scully eut déverrouillé la porte et franchi le seuil, puis posé son sac sur une table – n'avait pas l'aspect désolé de l'extérieur. C'était un endroit accueillant, habité et agrémenté de meubles d'occasion ou qui se trouvaient là depuis si longtemps qu'ils en avaient l'apparence. Elle retira son long manteau brun clair en cachemire : en dessous, elle portait un chemisier en soie bleu foncé et un pantalon bleu ajusté, une tenue presque trop chic pour cet intérieur modeste. Mais c'était bien là que vivait Dana Scully. Elle accrocha son manteau dans la penderie, traversa le petit salon et pénétra dans un couloir où elle ouvrit une porte.

La pièce, une petite chambre aménagée, lui rappela le bureau exigu, situé dans les entrailles du bâtiment officiel du FBI, où Fox Mulder et elle avaient jadis travaillé sur les affaires non classées : des crimes et des affaires inexpliqués qui avaient reçu cette dénomination et qui avaient été abandonnés par les bureaucrates jusqu'à ce que Mulder, le jeune prodige de la section des crimes violents, s'y intéresse.

À cet endroit, dans la chambre aménagée de cette petite maison en bardeaux, les murs étaient tapissés de photos et d'articles de presse qui détaillaient divers phénomènes étranges et parlaient d'Ovni et de monstres comme le yeti, des créatures aquatiques ou de petits hommes verts. Même l'autre côté de la porte était couvert de ces épaves typiques de la vie américaine : des coupures de presse découpées dans des journaux et des magazines ou des documents tirés d'Internet – des récits qui s'intéressaient à des théories du complot, à des extraterrestres et à des événements prétendument surnaturels. C'était le bureau, l'antre, ou peut-être le repaire, d'un véritable monomaniaque.

Scully se trouvait sur le seuil depuis un court

moment lorsque Mulder s'adressa à elle. Il lui tournait le dos, depuis son bureau.

— Quoi de neuf, docteur ?

— Pour un homme recherché par le FBI, je te trouve incroyablement confiant, Mulder, lui lança-t-elle avec un petit sourire narquois. Et si ça n'avait pas été moi ?

Fox Mulder, un fugitif vêtu d'un pull gris et d'un pantalon, ne se retourna toujours pas. Elle savait ce qu'il était en train de faire : il découpait un article dans un journal. Mulder était abonné à trente journaux et magazines et possédait une boîte postale à Richmond pour les recevoir.

— J'ai des yeux dans le dos, Scully, répliqua-t-il en poursuivant sa tâche.

Elle croisa les bras et s'appuya contre le montant de la porte. Certaines choses ne changeaient jamais. Mulder en faisait partie.

— « *Auf einer Wellenlänge* », disent les Allemands, déclara-t-il de sa voix sèche mais cependant mélodieuse. C'est un état précognitif, Scully, qui est souvent confondu avec une simple intuition humaine – tu as entendu parler, je *suppose*, de l'intuition féminine ? –, grâce auquel le cerveau perçoit la logique profonde de l'existence transitoire sans l'assistance de l'esprit rationnel.

Elle le regarda bouche bée. L'expression « avoir des yeux dans le dos » était maintenant un don paranormal prouvé scientifiquement ?

Mon Dieu, se dit-elle, *il n'arrête jamais. Après toutes ces années, il n'arrête toujours pas…*

— Des moments de clarté, poursuivit-il, ses ciseaux toujours en action, qui prennent la forme d'une conscience de l'espace et du temps, indépendante de toute réalité perceptible.

Dans son propre intérêt, elle secoua la tête. Comme si la « réalité perceptible » était une chose dont Mulder était spécialiste.

Il posa avec soin l'article sur son bureau qui semblait encombré, mais qui ne l'était pas : il était méthodique dans sa folie. Le seul obstacle visible était les coquilles de graines de tournesol débordant d'une assiette et attendant leur tour pour rejoindre une corbeille à papier qui en était déjà remplie.

Il se tourna finalement vers elle. Malgré sa barbe broussailleuse, et les quelque quarante années qu'il avait passées sur Terre, il avait toujours son allure juvénile et ses yeux noisette de chiot. Et même s'il s'était enterré dans ce bureau depuis... combien d'années maintenant ? ... elle percevait toujours en lui une capacité d'émerveillement enfantin.

Certains jours en tout cas.

Mulder leva un doigt pour la sermonner avec douceur.

— De tels moments de clarté peuvent se matérialiser aussi facilement que tu viens de le faire, Scully. Mais si tu venais effectivement de te « matérialiser », tu te hâterais de te dématérialiser aussitôt.

Elle leva les bras et fronça les sourcils.

Tu vois ? Je suis toujours là..., pensa-t-elle.

Le regard de Mulder perdit de son éclat et il fronça les sourcils à son tour.

— Mais qui peut encore croire à ce genre d'inepties ?

Comme s'il désirait prouver ses dires, Mulder se leva et se dirigea vers le mur afin d'y accrocher son article, à une distance suffisante pour que Scully puisse en lire le titre : « Princeton ferme son laboratoire de perception extrasensorielle après quarante années de recherches sur les phénomènes paranormaux ». Il ne le fixa pas directement sur le mur, mais sur un poster qui représentait une soucoupe volante passant au-dessus des arbres, un ciel bleu en toile de fond – une affiche qui était bien visible dans leur ancien bureau dans les sous-sols du FBI et que Scully avait fini par associer à son partenaire : « I want to believe [1] ».

Une affiche écornée, qui appartenait à l'histoire ancienne et qui n'était plus, désormais, un cri de bataille.

— Tu crois toujours.

— Vraiment ?

— Même si ce n'est pas le cas..., apparemment quelqu'un le pense au FBI.

Mulder esquissa un sourire presque invisible sous sa barbe, qui disparut lorsqu'il constata que Scully gardait son sérieux.

— J'ai eu droit à une visite aujourd'hui à l'hôpital.

— Je n'aime pas ça, lui dit-il en plissant les yeux.

— Le FBI demande ton aide, Mulder. Pour retrouver un agent disparu.

---

1. « Je veux croire ». (*NdT*)

Il écarquilla les yeux.

— Dis-moi que tu leur as dit d'aller se faire voir. Tu sais aussi bien que moi, Scully, qu'ils préféreraient me voir mort et enterré.

Il revint à son bureau et se rassit. Elle tira un autre siège et se pencha vers lui pour toucher son bras.

— Ils disent que tout est pardonné, lui dit-elle. Et ils abandonneront les chefs d'accusation contre toi si tu viens les aider à résoudre cette affaire-là.

Les yeux de Mulder s'embrasèrent d'un vif éclat.

— Le FBI veut *me* pardonner ? Et moi, dois-je pardonner au FBI de m'avoir traduit en justice, sur de faux chefs d'accusation, et d'avoir tenté de discréditer une décennie entière de mon travail ? De *notre* travail.

— Mulder…

— Ce sont eux qui devraient demander *mon* pardon.

— Je pense que c'est ce qu'ils essaient de faire, Mulder. Désespérément, dit-elle en plongeant son regard dans le sien.

Il haussa les épaules.

— Et d'ailleurs, comment pourrais-je aider ces gens ?

— C'est une affaire non classée, Mulder.

— Il n'y a plus d'affaires non classées.

— Les affaires non classées *existent* toujours. Il n'y a simplement plus aucun agent pour s'en occuper.

Il garda le silence quelques instants.

— Skinner est impliqué ?

Walter Skinner, le directeur adjoint du FBI, avait

été leur ami et leur allié au cours de toutes ces années, même lors des jours les plus sombres.

— Non. L'agent spécial adjoint se nomme Dakota Whitney.

— Je ne la connais pas.

— Moi non plus, répondit-elle en haussant elle aussi les épaules. Et je ne connais pas non plus l'agent que j'ai rencontré, un certain Mosley Drummy.

— C'est réconfortant. (Son soupir fut davantage provoqué par le dégoût que par la lassitude.) Pourquoi *moi*, Scully ?

— Quelqu'un les a contactés avec des preuves prometteuses au sujet de cet agent disparu. C'est un médium, du moins c'est ce qu'il prétend.

— C'est une ruse, Scully. Pour me débusquer, dit-il en secouant la tête.

— Si le FBI voulait vraiment te coincer, Mulder, je ne doute pas un instant que ce serait fait, depuis tout ce temps, répondit-elle en l'imitant. Je crois qu'ils étaient même heureux que tu ne sois plus dans leurs pattes.

— C'est bien. Je suis heureux moi aussi qu'ils ne soient plus dans les miennes. (Il fronça les sourcils.) Est-ce que les mots « injection létale » te disent quelque chose ?

Scully resta interloquée. Puis elle poursuivit :

— Depuis combien de temps vivons-nous ici, Mulder ? Dans cette maison.

— Je ne sais pas vraiment. Cinq ans ?

— Est-ce que Skinner m'aurait proposé de reprendre mon emploi si nous n'étions pas en sécurité ? C'est ce que nous avons toujours pensé – ce serait plus simple de te tuer. Ton arrestation, avec toute l'attention médiatique qu'elle attirerait, ne ferait que gêner le bureau. Et le gouvernement.

Mulder leva un doigt.

— Et si on s'intéressait à ce « ce serait plus simple de te tuer », Scully ?

Elle désigna les murs recouverts d'articles de journaux.

— Tu ne voudrais pas reparaître en plein jour, Mulder ? Ça ne serait pas plus agréable si nous pouvions le faire *tous les deux* ? Ensemble ?

Il éloigna son siège d'elle.

— La vie d'un jeune agent est en jeu.

Il haussa les épaules et leva les mains comme pour dire : *Ce n'est pas mon problème.*

— Mulder… Je sais que je n'ai pas besoin de dire ça, mais… ça pourrait aussi bien être toi… ou moi…

Mulder se gratta la barbe. Il laissa son regard errer sur le bureau à la recherche de quelque chose.

Scully changea de ton.

— La vérité, Mulder, est que je m'inquiète pour toi et des effets d'un isolement à long terme.

— Je vais bien, Scully. Je suis heureux comme un coq en pâte ici.

— Vraiment ?

Elle leva les yeux au plafond, à l'endroit où des dizaines de stylos étaient plantés dans les plaques isolantes. L'homme barbu, rendu nerveux à force de ruminer sa colère, les avait lancés là.

— J'ai essayé… Je vais leur transmettre ta réponse, dit-elle en se levant.

Elle ne s'arrêta pas à la porte et se dirigea vers le salon. Elle ne vit pas l'homme avec qui elle partageait cette maison, sa vie, méditer, assis devant son bureau puis se tourner pour contempler le poster et ses mots familiers : « I want to believe ».

Elle l'entendit cependant dire doucement :

— J'irai.

Elle se tourna et le vit debout dans l'embrasure de la porte. Son expression était de marbre, mais une lueur particulière dans ses yeux lui révéla qu'elle avait gagné, même si elle n'était pas certaine que ça soit une bonne chose.

— À une seule condition, lui dit-il.

Elle sourit. Elle connaissait cette condition.

— C'est d'accord, lui lança-t-elle. J'irai aussi.

3

Washington, D.C.
9 janvier

Fox Mulder se sentait transporté comme l'aurait été n'importe quel Américain à la vue de la capitale de sa nation. Depuis l'hélicoptère, de nuit, la ville avait un aspect abstrait qui venait accentuer sa fonction symbolique. Il était suffisamment patriote pour s'émerveiller à la vue des formes familières des monuments illuminés. Ces derniers se dressaient dans toute leur gloire mythique au milieu de cet océan de ténèbres moucheté d'innombrables points lumineux. Il était également assez romantique pour espérer que la grandeur du rêve américain existait encore, et ce malgré toutes les horreurs dont il avait été le témoin.

Ces horreurs ne pouvaient cependant pas être oubliées. Assis à côté de Scully dans cet hélicoptère du FBI et transi de froid en dépit du manteau brun qu'il avait passé par-dessus son pull et son jean, Mulder posa les yeux sur son ancienne partenaire des affaires non classées, sa compagne de toujours, celle de toute une vie, et il se rendit compte à quel point elle était petite et vulnérable alors même qu'il savait que cette femme menue était forte à tous points de vue. Elle l'avait convaincu de venir, mais il avait également insisté pour qu'elle l'accompagne. C'est la raison pour laquelle elle était là, à ses côtés. Et son expression révélait qu'elle partageait ses craintes : ils n'étaient pas près de rentrer chez eux.

Tandis que l'appareil décéléra au-dessus de Pennsylvania Avenue pour amorcer sa descente vers le bâtiment du FBI J. Edgar Hoover, un édifice familier à la forme triangulaire, aux lignes austères et aux fenêtres innombrables – une véritable ruche –, Mulder sourit à Scully et lui dit en élevant la voix pour couvrir le bruit produit par le rotor de l'hélicoptère :

— Si c'est un piège, je prends la fuite. Et tu me couvres.

Elle le gratifia de cette moue à laquelle il était tellement habitué et qui mêlait un baiser à un petit sourire narquois.

Lorsqu'ils s'extirpèrent de l'hélicoptère posé sur le toit de l'édifice, un grand Afro-Américain, vêtu d'un costume bleu marine, les attendait. Le vent artificiel créé par le tournoiement des pales de l'appareil souffla les vêtements de l'agent et donna à sa cravate l'apparence d'un petit drapeau qui claquait au vent. Il semblait s'ennuyer ferme. Cet homme devait être l'agent spécial que Scully avait rencontré à l'hôpital, Drummy.

Mulder approcha de l'agent, ce dernier ne le salua pas.

— Merci pour la promenade. Je n'aurais pas aimé devoir faire du stop par une nuit pareille.

— Ne me remerciez pas, répondit Drummy. (Son regard était aussi glacial que le froid environnant.) Ce n'est pas *moi* qui l'ai dépêché.

Mulder jeta un coup d'œil à Scully qui fronça légèrement les sourcils. Pourquoi un accueil si hostile de la part de l'homme qui les avait invités ? Qu'est-ce que cela signifiait ? L'agent Drummy se dirigea aussitôt vers les portes du bâtiment et les deux anciens agents du FBI le suivirent docilement, au moins pour se protéger du froid.

C'est une bonne idée, ça, se protéger du froid, se dit Mulder.

À cette heure avancée de la nuit, même un lieu animé comme l'édifice du FBI était plutôt désert. Drummy avançait d'un bon pas et Mulder et Scully, côte à côte, le suivirent à quelques mètres en retrait, le long de couloirs gris. Ils étaient tous les deux en civil – Scully portait son manteau en poil de chameau, un chemisier bleu clair et un pantalon plus foncé – et les quelques agents qu'ils croisèrent leur adressèrent des regards méfiants.

Scully parut s'en offenser quelque peu.

— Ils nous regardent comme si on était suspects.

— Ce n'est pas le cas ? rétorqua Mulder avec un petit sourire.

La chaleur qui régnait ne rendit pas plus chaleureux le regard de Drummy. Il finit par s'arrêter devant une porte.

— Attendez ici, leur dit-il.

Il ouvrit la porte, un bourdonnement semblable à celui d'abeilles ouvrières qui s'activent s'échappa dans le couloir, puis Drummy pénétra dans la salle et referma la porte aussitôt. Il ne la claqua pas vraiment, mais cela mit fin de manière brutale à leur entrevue.

Mulder et Scully se retrouvèrent seuls dans le couloir.

— Je crois qu'il t'aime bien, lui dit Mulder.

— Je ne sais vraiment pas quel est son problème.

— Il est simplement timide.

Scully regarda la photo encadrée de J. Edgar Hoover fixée au mur et Mulder fit de même avec un portrait de George W. Bush. La dernière fois que Mulder était venu dans ce bâtiment, le président d'alors venait tout juste d'être élu ; Mulder était maintenant de retour et ce président s'apprêtait à quitter ses fonctions. Lui et Scully n'étaient plus à leur place dans cet endroit, et pourtant ils l'étaient encore : à la manière de fantômes qui hantent leur ancienne résidence.

Drummy, toujours aussi imperturbable et vaguement maussade, réapparut à la porte.

— Entrez, leur dit-il.

Mulder et Scully entrèrent dans le genre de salle de conférences où ils s'étaient maintes et maintes fois retrouvés, même s'ils n'avaient pas toujours été confrontés à une activité si intense. Ils avaient affaire à un poste de commandement provisoire dans lequel l'agitation contrôlée leur était familière : une dizaine d'agents du FBI étaient assis autour de la table, les uns au téléphone ou pianotant, penchés sur des ordinateurs portables, les autres prenant des notes ou observant des photos et des cartes sur des tableaux fixés au mur.

Ces professionnels de la justice avaient à peine dormi au cours des derniers jours et survivaient grâce à la caféine et à des plats à emporter comme l'indiquaient la barbe dure des hommes et le maquillage passé des femmes, ainsi que leurs yeux injectés de sang. L'arrivée des deux anciens agents, appelés pour leur venir en aide, ne suscita aucun salut, pas même un sourire, rien pour indiquer que Mulder et Scully n'étaient pas effectivement des fantômes qui hantaient leur ancien lieu de travail.

De l'autre côté de la pièce, deux femmes à l'apparence professionnelle et soignée étaient en pleine conversation. La première était séduisante malgré son expression sévère et portait un chemisier blanc et un tailleur noir ; la seconde était une belle femme brune et mince qui portait également un tailleur noir élégant, ses cheveux étaient coiffés en queue-de-cheval. Alors que Mulder et Scully s'attardaient près de l'entrée, cette conversation se poursuivit et les quelques regards que la femme sévère leur adressa donnèrent l'impression à Mulder que leur présence n'était pas appréciée.

Leur entretien s'interrompit finalement et la femme brune à la queue-de-cheval s'approcha d'eux et gratifia Scully d'un sourire professionnel avant de lui tendre la main.

— Merci d'être venus. Je suis l'agent spécial adjoint Whitney.

Scully se présenta.

— Dana Scully.

Whitney, directe et aimable, se tourna vers Mulder et lui tendit la main.

— Fox Mulder, je suppose.

Il lui serra la main, légèrement méfiant. L'autre femme, au fond de la pièce, continuait à les regarder d'un air désapprobateur, et il n'aurait pas été étonné de voir apparaître des menottes autour de ses poignets.

— Agent spécial *adjoint* ? rétorqua Mulder. Et c'est *vous* qui dirigez cette enquête ?

— C'est moi, répondit-elle avec un bref hochement de tête. (L'ovale étroit de son visage encadrait des traits ravissants rehaussés par l'éclat saisissant de ses yeux bleus.) Je sais que c'est délicat, agent Mulder…

— Je ne suis plus « agent ». Juste Mulder. Et Scully.

Elle acquiesça de nouveau brièvement.

— Bon, quoi qu'il en soit, bienvenue au bureau ! Mon équipe et moi-même apprécions votre confiance.

Elle tendit la main pour prendre un dossier sur la table voisine. En dépit de sa prudence, Mulder l'appréciait déjà – son attitude était désarmante et elle ne perdait pas de temps.

— En parlant de confiance, répliqua Mulder, que se passera-t-il si je ne peux pas vous aider ? Ou si votre agent meurt ? Je ne suis pas vraiment dans une situation qui me permet de garantir l'efficacité de mon travail, agent Whitney.

— Le passé c'est le passé, dit-elle en secouant la tête. Nous connaissons tous ici votre travail sur les affaires non classées et nous pensons que vous êtes peut-être la meilleure chance de Monica Bannan à l'heure actuelle.

— Quelle chance ?

— Celle de rester en vie, Mulder. De ne pas mourir.

Elle lui tendit le dossier.

Il l'ouvrit et découvrit la photo d'une femme de trente ans au nez proéminent dont les traits étaient anguleux mais plaisants.

— Depuis combien de temps a-t-elle disparu ? demanda Scully.

— Depuis dimanche soir, répondit Whitney. Presque trois jours.

Scully et Mulder échangèrent des regards sinistres. Puis Mulder reporta son attention sur la photo de l'agent disparu.

— Agent Whitney, je sais que vous le savez… mais la probabilité est faible, après soixante-douze heures, qu'elle soit toujours en vie, déclara Scully.

Le hochement de tête de Whitney fut aussi sec que réticent.

— Nous n'avons jusqu'ici aucune preuve, mais les informations dont nous disposons nous permettent d'espérer…

L'agent spécial adjoint prit un autre dossier sur la table et le tendit à Scully qui l'ouvrit aussitôt. Elle découvrit plusieurs photos, prises dans un environnement de laboratoire, d'un bras – un bras humain tranché ou peut-être amputé dont le poignet présentait une profonde estafilade.

— Peu de temps après la disparition de l'agent Bannan, déclara Whitney en indiquant le bras sur la photo, nous avons découvert ça.

Mulder détacha son regard de la photo de l'agent disparu.

— Où ?

— À seize kilomètres environ de sa maison.

Scully fronça les sourcils.

— Je ne comprends pas. C'est le bras d'un *homme*…

— Le bras d'un homme, répéta doucement Mulder d'un ton neutre. Son regard allait de Scully à Whitney. Cela doit avoir un lien avec ce que votre équipe a découvert sur la scène de crime ou à proximité. Du sang ou des tissus.

Whitney jeta un coup d'œil aux agents rassemblés autour de la table, certains d'entre eux écoutaient leur conversation. Puis elle regarda la belle femme austère vêtue de noir. C'était comme si elle était en train de leur dire : *Vous voyez ? Je vous l'avais dit. Il est bon.*

— Le sang découvert près de l'auvent où Monica Bannan stationnait sa voiture et sur un outil de jardinage provient de ce même bras.

— Et vous fondez vos espoirs là-dessus ? s'enquit Scully. Son regard flamboyait.

— L'arme de service de l'agent Bannan était enfermée dans le coffre de son véhicule, répondit Whitney avec placidité. Elle en possédait une autre, mais dans sa maison. Cette blessure, infligée par cette bêche, pourrait être la preuve que Monica Bannan a riposté. En tout cas, elle était entraînée et capable de le faire.

Mulder opina légèrement du chef.

— Et qu'en disent les experts médico-légaux ? demanda-t-il en se référant au bras tranché.

Whitney secoua la tête.

— Individu de sexe masculin âgé de trente-cinq à quarante ans. Aucune empreinte correspondante dans le CODIS [1].

Mulder comprenait maintenant pourquoi il était là et il imagina que Scully le savait également.

— Je devine alors que vous avez été menée jusqu'à ce bras tranché par...

— C'était comme chercher une aiguille dans une botte de foin, répondit Whitney.

— Une aiguille dans un tas d'aiguilles, vous voulez dire. (Mulder jeta un coup d'œil à Scully puis s'adressa à l'agent spécial adjoint.) C'est une personne qui prétend posséder des pouvoirs psychiques qui vous y a menée.

Cette fois-ci, Whitney hocha lentement la tête.

— Joseph Patrick Crissman.

Mulder esquissa un sourire.

— Et vous pensez qu'il raconte un fatras de conneries.

L'agent Drummy, qui les écoutait, abandonna son ton pince-sans-rire pour un petit sourire affecté.

---

1. Banque de données répertoriant les profils ADN. (*NdT*)

— Qu'est-ce qui vous fait dire ça ? demanda-t-il à Mulder.

Mulder était lui aussi capable de passer d'un ton pince-sans-rire à un petit sourire affecté.

— Peut-être que *moi*, je suis médium.

— Attendez, lui dit Drummy en approchant d'un pas lourd. Ce gars-là, le père Joe…

— *Père ?* répéta Scully en tendant l'oreille, les yeux plissés. C'est un *prêtre* ?

— Catholique, répondit Drummy en haussant les épaules.

Mulder regarda Scully et, au même instant, la lumière se réfléchit sur la petite croix dorée qu'elle portait autour du cou. Un rai de lumière fluorescent qui provenait, bien évidemment, des lampes du plafond.

— C'est *lui* qui *vous* a contactés ? demanda Scully.

Drummy opina du chef.

— Il nous a appelés six heures après la disparition de l'agent Bannan. Comprenez bien qu'à ce moment-là rien n'avait encore été révélé aux médias. Nous n'avions encore rien lâché. Et voilà qu'il prétend avoir eu une vision d'elle, qu'il prétend posséder un lien psychique avec elle.

— Et le père Joe vous raconte que Monica Bannan est en vie, dit Mulder.

— C'est exact, répondit Drummy.

— Hormis ce lien psychique, avez-vous découvert d'autres liens ?

— Avec Monica Bannan ?

Cette question idiote méritait assurément une réplique sarcastique et Mulder était en train de faire sa sélection lorsque l'agent spécial adjoint Whitney finit par répondre :

— Non. Aucun lien. Et c'est pour cette raison que je vous ai fait venir.

Mulder jeta un coup d'œil à Scully. Ils échangèrent un sourire si discret que personne d'autre ne put le remarquer. Mais ils comprenaient désormais l'attitude de Drummy : Mulder représentait une menace. Drummy était un agent qui suivait les règles et ce bon vieux Mulder le Martien des affaires non classées était ici pour faire son travail au risque de faire passer Drummy pour un perdant à l'imagination limitée.

— J'ai besoin de votre opinion d'expert, Mulder, lui dit Whitney. J'ai besoin de savoir que nous ne sommes pas en train de perdre notre temps en suivant cette voie. Parce que nous n'avons vraiment pas de temps à perdre.

— Pas après soixante-douze heures, ajouta Scully flegmatiquement.

Mulder opina du chef et analysa les faits… le passé… et la situation. Son implication dans cette affaire était dangereuse. Le simple fait qu'il soit de retour dans ce bâtiment était de la folie. Mais quelque part, un agent du FBI était en danger. Comme il l'avait été tant de fois. Ainsi que Scully.

— Nous parlons ici d'un religieux. D'un homme instruit. Il a pris la bonne décision, en son âme et conscience, de vous appeler et de ne rien dire qui aurait pu vous faire douter de lui ou de ses motivations. Il n'a aucun lien tangible avec ce crime. C'est *vous* qui perdez du temps, agent Whitney.

L'analyse de Mulder l'interloqua et elle écarquilla ses yeux bleus.

— Pardon ?

— Ainsi que le *mien*… et celui de tous ces agents. (Il la regarda droit dans les yeux.) Je vous conseille donc de suivre cette voie. C'est tout ce que vous avez et vous n'avez aucune raison de douter de cet homme.

— Attendez, objecta Whitney, c'est une question de crédibilité…

— Si vous n'avez aucune raison de douter de lui, pourquoi douter de ses visions ?

— Écoutez, Mulder, intervint Drummy en fronçant les sourcils, il ne nous a pas conduits jusqu'à Monica Bannan, n'est-ce pas ? Il nous a simplement menés au bras tranché d'un gars dans la neige !

Mulder haussa les épaules puis les affaissa aussitôt.

— Hé ! ho ! ce n'est pas une science exacte. Si c'était moi qui dirigeais cette enquête… je resterais avec ce gars vingt-quatre heures sur vingt-quatre. Je coucherais même dans le même lit que lui pour embrasser son saint fondement.

Scully ferma les yeux. Les agents rassemblés autour de la table de conférence, qui les observaient avec différents degrés de scepticisme et de méfiance, paraissaient maintenant complètement dédaigneux.

— Mulder… le père Joe a été condamné pour pédophilie.

Scully écarquilla les yeux et les posa sur Mulder qui était aussi surpris qu'elle.

— Bon ! déclara Mulder, j'éviterais peut-être alors de dormir avec lui.

Richmond, Virginie
9 janvier

Deux Ford Expedition noires s'arrêtèrent devant un immeuble qui se distinguait uniquement du voisinage résidentiel par l'austérité de ses lignes architecturales et la luminosité de son éclairage extérieur. Les pâles murs de ciment contrastaient avec les noirs escaliers de métal et donnaient presque à l'édifice une apparence de prison. Ou Mulder se l'imaginait peut-être simplement en sachant qui vivait là ?

Mulder et Scully descendirent du véhicule de tête et emboîtèrent le pas à l'agent spécial adjoint Whitney et à l'agent spécial Drummy. On distinguait très nettement leurs souffles dans l'air froid. Ils les suivirent sur le trottoir enneigé et bordé d'arbres rachitiques.

Scully s'avança aux côtés de Whitney, Mulder derrière elle.

— Quel est cet endroit ? demanda Scully.

— Une résidence pour délinquants sexuels multirécidivistes, répondit Whitney d'un ton neutre.

— Une résidence ?

— Ils se chargent d'administrer les lieux et de faire régner l'ordre. Le père Joe vit ici de son plein gré, avec son colocataire.

Scully fit la moue comme si elle venait de goûter une chose écœurante et Mulder lui adressa son plus beau sourire enfantin.

— Il faudra éviter leur salle de sport, dit-il.

Puis ils entrèrent dans l'immeuble austère.

Ils se retrouvèrent bientôt dans un hall qui aurait pu conduire à une rampe de parking, mais qui les mena plutôt dans un couloir froid percé de plusieurs portes. Ils s'arrêtèrent devant l'une d'elles. Drummy frappa pendant que Whitney, Scully et Mulder le regardaient faire, gênés. Ils attendirent un long moment durant lequel quelqu'un les observa à travers le judas.

— On n'est jamais trop prudent, souffla Mulder à Scully.

Scully ne paraissait pas d'humeur frivole.

La porte s'ouvrit, et un homme mince d'une cinquantaine d'années au visage long et triste apparut dans l'embrasure. Il portait une veste de velours côtelé et un polo rayé, un pantalon de laine brun, et semblait à peu près aussi effrayant que votre « tonton préféré ». Mais Mulder savait qu'un tonton préféré pouvait être des plus effrayants s'il était un prédateur sexuel et que vous étiez un petit garçon ou une petite fille.

L'homme mince prit la parole, pas pour s'adresser à eux, mais à quelqu'un derrière lui :

— Joe…

La réponse se fit entendre presque immédiatement dans le fond de l'appartement.

— Dis-leur d'entrer ! lança une voix à l'accent écossais qui possédait une certaine qualité musicale.

Les quatre visiteurs se massèrent dans un salon modeste et quelque peu négligé où flottait une forte odeur de cigarette. Il devait servir de fumoir, comme en attestaient les nombreux cendriers qui débordaient. L'endroit avait autrefois été décoré avec zèle, des magazines et des journaux étaient empilés ici et là et une télévision diffusait un ancien épisode des *Jeffersons*[1]. Mulder comprit que c'était probablement le début ou la fin de l'épisode en entendant la chanson du générique – *Movin' on Up* –, alors qu'il était manifeste que les locataires de cet appartement n'iraient nulle part[2].

Le canapé élimé et un siège inclinable miteux étaient vides et le salon lui-même était éclairé principalement par l'écran de télévision et un lampadaire extérieur. À travers une porte craquelée et entrouverte qui donnait sur une chambre, Mulder aperçut un homme d'environ soixante ans, vêtu d'un peignoir à motifs, d'un tee-shirt et d'un pantalon de flanelle gris, qui était agenouillé au sol, en prière. Les cheveux ébouriffés de cet homme étaient poivre et sel et son bouc allongeait encore son visage.

Drummy l'identifia à l'attention de Mulder et Scully en s'adressant à lui par la porte craquelée :

— Père Joe ? On peut vous parler ?

Même le Seigneur était sujet à l'impatience maussade de Drummy.

Mulder vit l'ancien prêtre se lever et la porte s'ouvrit sur Joseph Crissman.

— Excusez tout ce fatras…, marmonna-t-il.

Le vieil homme était en train de fumer tandis qu'il priait et il écrasa une cigarette presque éteinte dans un cendrier plein. Puis il saisit la télécommande du

---

1. Sitcom américaine inédite en France et diffusée entre 1975 et 1985. (*NdT*)

2. La chanson peut se traduire par : « On déménage ». (*NdT*)

téléviseur et mit fin aux bouffonneries de la famille Jefferson.

— Je ne dormais pas, dit-il en haussant les épaules comme pour répondre à une question que personne ne lui avait posée.

Il s'avança, l'air distrait, en frôlant Scully, puis, sans enthousiasme, il se mit à dégager le canapé afin de faire de la place pour ses invités. Aucun d'eux n'avait cependant fait le moindre geste pour s'asseoir.

Mulder observa leur hôte qui semblait à moitié endormi, comme un somnambule.

Luttant contre son irritation (une chose qui n'était pas étonnante), Drummy fit les présentations :

— Père Joe, voici Fox Mulder.

Crissman jeta un coup d'œil dans la direction de Mulder et parut ne pas le voir.

— D'accord, dit-il.

Rien à dire. Mulder était Mulder. Suivant.

— Il aimerait vous poser quelques questions...

— En fait, moi, l'interrompit Scully en avançant, je voudrais vous en poser une.

Mulder connaissait trop bien ce ton aigri. Whitney et Drummy se tournèrent vers elle, car ils avaient eux aussi remarqué son indignation.

— Je viens de vous voir prier, lui dit Scully en lui faisant face. Pour quoi avez-vous prié... monsieur ?

Le père Joe, qui mesurait facilement plus d'un mètre quatre-vingts, surplombait Scully et son physique menu, une chose dont elle se moquait visiblement. Son regard perdit toute préoccupation et se posa sur elle, puis sur le collier et sa croix dorée.

— J'étais en train de prier, répondit-il d'une voix égale, son regard se posant de nouveau sur le visage de Scully, pour le salut de mon âme immortelle.

Elle opina du chef comme si elle comprenait.

— Et vous pensez que Dieu entend vos prières ?

Crissman faillit sourire.

— Pensez-vous qu'il entend les *vôtres* ?

— Il n'y a aucun cri d'enfant entre Lui et moi. (Les bras croisés, elle leva légèrement la tête et parla d'une voix ferme.) Voyez-vous, je n'ai pas sodomisé trente-sept enfants de chœur, moi.

Mulder se retint de glousser. Quant à l'expression des deux agents, elle correspondait à l'air effarouché que Scully pouvait susciter chez ceux qui ignoraient qu'elle pouvait faire preuve d'une franchise si brutale.

— C'est une façon intéressante de dire la chose, lui lança Mulder sur le ton de la conversation.

— Je peux te le dire autrement si tu veux, lui répondit-elle.

— Non. Ça va. J'ai compris.

Quant au père Crissman, s'il avait lui aussi compris, il ne le montra pas. Le vieil homme n'avait pas bronché. Il s'affala simplement sur le canapé en tendant la main vers un paquet de cigarettes et fut pris de la quinte de toux typique du fumeur invétéré.

Le suicide n'est-il pas lui-même un péché ? se demanda Mulder.

Plus tard, il devrait demander à Scully si fumer comptait.

— Jeune fille, dit Crissman à Scully en prenant

une cigarette, je dois croire qu'Il m'entend. Ou sinon pourquoi m'enverrait-Il ces visions ?

Scully fit un pas dans sa direction.

— Ce n'est peut-être pas Dieu qui s'occupe de l'envoi.

Il leva une main.

— Mais la première m'est venue pendant la communion, ma chère.

Mulder perçut la haine qui émanait de Scully comme une vague de chaleur ; et l'arrogance de l'ancien prêtre était aussi perceptible.

— Vous leur donnez le nom de « visions ». Vous les *voyez* alors vraiment ?

Crissman acquiesça.

— Je les vois avec ce que vous pourriez appeler... la vue de mon esprit.

Son grasseyement écossais était étrangement apaisant.

— Alors que voyez-vous précisément ? demanda Mulder.

Crissman alluma sa cigarette. Il inspira une profonde bouffée et prit son temps pour souffler la fumée. Mulder savait que ce genre d'individu aimait occuper le devant de la scène, ce qui n'était ni un bon signe ni un mauvais : un grand nombre de vrais médiums aimaient à jouer les cabotins impénitents.

— Je vois, répondit Crissman comme s'il était en train de réciter une liste de courses, une pauvre fille se faire agresser. Je la vois se défendre. Je vois un bras ensanglanté...

— *Où* la voyez-vous ? insista Mulder.

— Je ne sais pas, répondit le prêtre en secouant la tête. J'entends des chiens aboyer.

En voyant Whitney et Drummy échanger un regard, Mulder se rendit compte qu'il s'agissait d'un nouvel élément. Mais Scully le comprit aussi et le coup d'œil qu'elle jeta à Mulder lui indiqua qu'elle considérait cette dernière information comme superflue et peu crédible.

— *Où ça*, père Joe ? demanda Whitney en faisant un pas en avant. Où se trouvent ces chiens qui aboient ?

— Je n'en sais rien, répondit le prêtre en haussant les épaules et en secouant la tête.

— Mais vous la voyez vivante ?

— Non.

Mulder vit que l'agent spécial adjoint semblait déconcerté.

Mais l'ancien prêtre ajouta presque aussitôt :

— Mais je... *sens* qu'elle est toujours avec nous.

— Pouvez-vous nous montrer comment vous faites ? demanda Mulder.

Crissman prit une nouvelle et longue bouffée sur sa cigarette, la posa au bord du cendrier, puis ferma les yeux. Scully adressa à Mulder un regard qui disait : *Au secours !*

— Je ne sais pas si je peux le faire maintenant, rétorqua le père Joe.

Scully secoua la tête ; elle semblait à bout de patience. Lorsqu'elle reporta son attention sur Crissman, elle se rendit compte qu'il la regardait.

— J'y arriverais peut-être mieux, dit froidement Crissman en désignant Scully, si *elle* n'était pas là.

Scully fronça les sourcils.

— Ce que vous « voyez » est peut-être le moyen pour vous de faire oublier aux gens qui vous êtes *vraiment*.

Sur ces paroles, elle tourna les talons et quitta l'appartement.

Mulder fut désemparé, car il aurait dû la suivre. Mais il savait que Scully n'irait pas loin et il ne s'était pas encore fait une opinion précise sur le père Joe. Il allait rester et lui poser encore quelques questions.

Après tout, s'il était là, c'était bien parce que Scully en avait eu l'idée.

4

Richmond, Virginie
9 janvier

Dana Scully se trouvait dans le froid couloir de béton qui menait à ce que Dakota Whitney avait présenté comme une « résidence » pour délinquants sexuels. Elle étudiait les dossiers du FBI en s'intéressant tout particulièrement aux photos du bras tranché découvert dans la neige, là où le « père Joe » avait conduit les agents.

La porte de l'appartement s'ouvrit et Scully leva les yeux ; elle s'attendait à voir Mulder, mais ce fut le colocataire mince et pâle de Crissman qui sortit. Il posa sur elle ses yeux hagards, mais elle se détourna et reporta son attention sur les images grotesques du bras tranché et de ses chairs labourées près du poignet.

Quelqu'un toucha son bras et elle sursauta légèrement, puis se tourna pour faire face à Mulder.

— Bon sang, Mulder ! s'écria-t-elle. Toi qui parlais de matérialisation.

— Et d'embrasser le saint fondement de notre médium, ajouta-t-il avec un sourire en coin.

— Tu le crois ?

— Je ne sais pas. Je ne sais vraiment pas.

— Je suis désolée, avoua Scully, subitement embarrassée. Ça… ça fait trop longtemps que je ne suis plus de la partie. (Elle roula les yeux.) Ou bien pas assez longtemps peut-être.

— Non, lui répondit-il en secouant la tête, tu as été très bien, Scully.

Elle le gratifia d'un regard qui signifiait : *Tu n'es pas sérieux !*

— Moi, je n'avais que des questions, lui avoua Mulder. Tu l'as attaqué. Tu l'as défié. Comme au bon vieux temps.

Elle apprécia la remarque de Mulder mais tenta de dissimuler sa satisfaction.

— Ouais, bon ! c'est un sale type. Et un menteur. Mulder, il sait qui a fait ça et ce sont les ravisseurs qui lui fournissent ses informations.

— Comment un ancien prêtre pourrait-il connaître ces criminels ?

— Regarde où il vit ! (Elle lui tendit le dossier et les photos, notamment celle qu'elle avait examinée.) Ce bras qu'ils ont découvert… il n'a pas été tranché au cours d'un combat avec Monica Bannan ou qui que ce soit. Il a été *coupé*, Mulder. (Il fronça les sourcils en regardant la photo.) Et de façon bien *nette* à en juger par cette photo. Le bras a été amputé et non tranché dans un combat. Et dis-moi comment le bon père a pu les mener directement vers lui alors qu'il ne peut même pas avancer la moindre *supposition* quant à la localisation de la victime ? (Mulder garda le silence.) Voici les deux choses qu'ils vont découvrir dans les prochaines vingt-quatre heures : le cadavre d'un agent du FBI et la preuve que ce « médium », ce « père » Joe est un foutu menteur.

Mulder leva les yeux. Il dévisagea Scully avec cette expression neutre qui pouvait susciter chez elle de l'amour comme de l'agacement, ainsi qu'une demi-douzaine d'autres émotions.

— Tu as peut-être raison, Scully, finit-il par dire en haussant légèrement les épaules.

La porte de l'appartement s'ouvrit derrière eux, et l'agent spécial adjoint Whitney et l'agent spécial Drummy sortirent l'un derrière l'autre, le père Joe lui-même fermait la marche. Ce dernier s'était complètement habillé et portait une veste en tweed grise par-dessus un pull, un gros pantalon gris et des après-skis noirs. Le père était en train d'enfiler des gants de cuir marron et ne regardait pas dans leur direction. Le petit contingent descendit le couloir, sans doute pour rejoindre les véhicules.

Le regard de Scully passa du groupe à Mulder.

— Ne me dis pas que tu as quelque chose à voir avec ça…

— Et si tu te trompais, Scully ? Et si le père Joe était la meilleure chance de l'agent Bannan ?

Il emboîta le pas aux agents, et Scully, les yeux écarquillés, le rejoignit.

— Mulder, qu'est-ce que vous *faites* ?

— On l'emmène en promenade. Ainsi on verra quel genre de médium est vraiment le père Joe.

Elle s'arrêta, et il l'imita. Puis Scully soupira, ferma les yeux et ne les rouvrit qu'à moitié.

— Ouais, ça va être l'éclate totale !

Ils regagnèrent les véhicules en stationnement. À ce moment, le père Joe se trouva si près de Scully qu'elle fut parcourue d'un frisson. Mulder le vit et lui toucha l'épaule.

— Personne ne va te forcer à t'asseoir à côté de lui, lui dit-il gentiment.

Mais Scully secouait déjà la tête.

— Merci de ton attention, mais je me suis assez promenée pour cette nuit. De toute façon, Crissman l'a dit clairement : il ne veut pas de moi. J'affecte ses pouvoirs de concentration. Je suis trop négative.

Écœurée, elle se dirigea vers le véhicule dans lequel le père Joe ne montait pas, mais Mulder la poursuivit.

— Mais *je* veux que tu viennes, insista-t-il.

Elle ouvrit la portière.

— Je vais demander qu'on me ramène à la maison. Tu sais, rien ne t'oblige à te joindre à eux !

— Scully...

— J'ai changé de vie, Mulder. Pourchasser des monstres au milieu de la nuit, c'est fini pour moi. Plus de scène de crime éclairée à la lampe torche. Et je pense aussi que tu as fait tout ce que tu pouvais pour eux. Tu n'es pas obligé de rester.

Mulder déglutit et opina du chef. Il se tourna pour regarder Whitney et Drummy qui montaient à bord de l'autre Expedition aux côtés de Crissman. Scully avait l'impression de voir un enfant à qui sa maman aurait interdit de découcher. Elle ne voulait pas qu'il découche, pas avec des individus comme le père Joe.

— Ces gens ont besoin de mon aide, dit Mulder en les désignant.

Lui répétait-il ses propres paroles pour marquer le coup, ou le pensait-il simplement ?

Quoi qu'il en soit, l'ironie de la situation n'échappa pas à Scully.

— En outre, Scully… j'aurais bien besoin de la tienne.

Il lui tendit le dossier du FBI. Il ne lui demandait pas de les accompagner, simplement de rester impliquée dans l'enquête. De passer du temps à étudier les preuves. Pas de monstres, pas de lampes torches… seulement son œil expert. Mulder lui fit comprendre tout cela d'un simple regard appuyé de ses satanés yeux de jeune chien.

Elle acquiesça à contrecœur et prit le dossier.

La campagne virginienne
10 janvier

Tandis que l'Expedition filait dans les ténèbres sur une petite route de campagne au cœur d'un paysage enneigé à l'apparence idyllique, l'aube auréola d'un halo rose l'horizon, des sapins luxuriants et des arbres dénudés, et un océan bleuté envahit le reste du monde.

Fox Mulder se trouvait sur le siège arrière à côté du père Joe Crissman. Ce dernier était appuyé contre la vitre et ronflait, le corps avachi. L'agent spécial Drummy était au volant et l'agent spécial adjoint Whitney occupait le siège du passager. De loin en loin ils regardaient Mulder dans le rétroviseur, l'air de dire : *Qu'est-ce qu'on fout là ?*

Lorsque le véhicule roula sur une grosse bosse, le père Joe se réveilla en grognant.

Le regard interloqué, ses sourcils gris arqués, l'ancien prêtre demanda :

— On se rapproche ?

Whitney regarda par-dessus l'épaule de sa veste thermique noire.

— C'est à vous de nous le dire, lui dit-elle.

Des paroles qui signifiaient : « C'est vous le médium, vous vous souvenez ? »

Le père Joe regarda à travers toutes les vitres de l'Expedition.

— Je n'ai pas la moindre idée de l'endroit où on se trouve, répondit-il d'une voix pâteuse, l'esprit encore embrumé de sommeil.

— C'est bon, dit Mulder.

Les yeux du père Joe se posèrent sur Mulder, celui-ci lui adressa un petit sourire, tandis que les deux agents à l'avant échangèrent un regard impatient en se demandant s'ils n'étaient pas en train de perdre leur temps.

Mulder prit une petite photo de Monica Bannan dans le dossier du FBI et la tendit au père Joe.

— Tout le monde travaille différemment, lui dit-il. Prenez votre temps.

Le père Joe observa Mulder d'un air sceptique.

— Et vous êtes qui ?... Le flic gentil ?

— Je suis le non-flic.

Le prêtre y réfléchit un instant puis baissa les yeux sur la photo de l'agent disparu.

— Je ne connais pas cette fille. Je ne pense pas que nous nous soyons déjà rencontrés. Mes relations, comme vous devez sûrement le savoir, sont aujourd'hui plutôt limitées. Je n'ai aucun indice, et je ne vois pas le lien entre nous deux.

— Il y a toujours quelque chose, même d'infime, répondit Mulder. Une chose qui vous relie l'un à l'autre.

— Alors vous *croyez* à ces choses-là ? demanda le père Joe en secouant la tête.

Mulder hésita. Il voulait apporter suffisamment d'aide à l'ancien prêtre pour l'encourager, mais ne devait pas devenir son allié, et encore moins son comparse.

— Disons simplement, dit doucement Mulder, que je veux y croire.

— Il veut croire que sa sœur a été enlevée par des extraterrestres, lança Drummy avec un mépris désinvolte.

Mulder croisa le regard de Drummy dans le rétroviseur et lui adressa son propre message de mépris… qui, lui, n'était pas si désinvolte.

— C'est vrai ? demanda le prêtre. (Mulder ne répondit rien.) C'est quelque chose dont vous ne voulez pas parler ? (Le père Joe étudia le visage de Mulder.) Un sujet délicat, mon fils ?

Mulder ne tressaillit pas de joie en entendant ce « mon fils » dans la bouche d'un pédophile. Il répondit cependant :

— C'était il y a longtemps.

Ils roulèrent sur une nouvelle bosse.

— Elle est morte, n'est-ce pas ? (Les traits du prêtre avaient perdu toute trace d'arrogance et n'exprimaient que la compassion.) Votre sœur ?

Un coup de bol ? Ou cet ancien prêtre aux yeux hagards et aux cheveux ébouriffés était-il vraiment médium ?

Samantha était désormais en paix. Mulder le savait et le croyait. Il avait lutté très longtemps pour découvrir la vérité et avait suivi d'innombrables fausses pistes à la poursuite de petits hommes verts, de tueurs en série et d'imposteurs – il avait même vu les souvenirs de cet enlèvement discrédités. Mais, après tout cela et bien plus encore, il en était arrivé à vraiment croire qu'elle se trouvait maintenant dans un lieu bien meilleur. Le fait qu'il l'ait perdue avant que sa quête ait vraiment commencé demeurait une frustration, mais elle était en paix et il ne se sentait plus tenu d'essayer de la sauver. Cependant, cela ne signifiait pas qu'il pouvait accepter que des individus comme Drummy rejettent la mémoire de Samantha… ou qu'ils parlent de sa sœur à un délinquant sexuel.

Mulder reprit la photo de l'agent disparu des mains du prêtre et contempla le visage plaisant d'une jeune femme qui pouvait être vivante, ou morte. Il ne vit pas que Whitney l'observa un instant dans le rétroviseur ni qu'elle reporta son attention sur le père Joe avant de sursauter légèrement : le prêtre avait le regard rivé sur elle.

— Voici l'endroit où elle a été enlevée…, déclara le père Joe avec une soudaine autorité.

Mulder leva les yeux de la photo de l'agent Bannan pour regarder le père Joe : ce dernier s'était redressé subitement sur son siège, les veines de son cou tendues à l'extrême.

— VOICI L'ENDROIT OÙ VOTRE AGENT A ÉTÉ ATTAQUÉ ! s'écria-t-il en hurlant presque.

Mulder croisa le regard de Whitney dans le rétroviseur avec une expression qui signifiait : *C'est vrai ?*

Et son expression à elle lui répondit : *Oui.*

Les lumières d'un petit lotissement apparurent devant eux. Le paysage, des maisons nimbées d'un halo jaune sur un fond de ciel bleu matinal, évoquait une œuvre de Maxfield Parrish [1].

— Je veux qu'il voie la scène de crime, dit Mulder.

---

1. Peintre et illustrateur américain du début du XXe siècle. (*NdT*)

Drummy et Whitney se regardèrent, et Mulder comprit qu'ils cachaient quelque chose. Ce n'était plus le mépris que Drummy avait exprimé quelques instants plus tôt. C'était autre chose…

L'Expedition s'engagea bientôt dans le petit ensemble de maisons de plain-pied, puis s'arrêta au bout d'une allée pentue, envahie par la neige. Drummy releva la capuche de sa parka noire et fit le tour pour rejoindre Whitney. Mulder et le père Joe sortirent du véhicule au moment même où les deux agents du FBI commençaient à remonter l'allée enneigée. Mulder les suivit et fit plusieurs pas, ses bottes s'enfonçant profondément, avant de remarquer que le prêtre n'était pas à ses côtés.

Il se tourna pour regarder derrière lui. Les deux agents l'imitèrent.

Le père Joe se tenait au milieu de l'allée, aussi immobile qu'un épouvantail dont la silhouette se découperait nettement devant le ciel bleu.

— Non, dit-il en secouant la tête. (Ses mèches de cheveux s'agitèrent comme s'il s'agissait des serpents qui ornaient le crâne de Méduse.) Ce… ce n'est pas *bon*…

Le grand homme en gris regarda sur les côtés comme s'il essayait de s'orienter, les yeux écarquillés.

Puis Crissman fixa du regard l'agent spécial adjoint Whitney et lui lança sur un ton franchement accusateur, avec quelques pointes de son accent écossais mélodieux :

— Vous ne m'avez *pas* guidé vers la *bonne* maison.

Il se tourna aussitôt et descendit l'allée avant de traverser la rue.

Mulder adressa un large sourire aux deux agents.

— Il sait foutrement bien se mettre en scène, hein ?

Et Mulder suivit le prêtre.

Les deux agents l'imitèrent.

Le père Joe suivit un chemin en direction d'une autre maison dont l'auvent était fermé par un ruban jaune utilisé pour les scènes de crime. Le prêtre avait peut-être remarqué le ruban depuis leur véhicule et ils venaient alors d'assister à une mascarade. Mais Mulder ne le pensait pas. Après tout, lui-même n'avait rien vu alors qu'il avait attentivement observé les alentours.

Le père Joe arriva avant eux, suivi de près par Mulder, les deux agents progressaient quant à eux plus prudemment. Le prêtre se baissa pour franchir le cordon de sécurité qui claquait au vent et s'attarda devant la voiture de Monica Bannan qui n'avait pas été déplacée. Mulder franchit l'obstacle de la même manière, mais les deux agents attendirent un instant, leurs regards rivés sur leur soi-disant médium.

L'attention de ce dernier se portait sur tous les éléments liés au crime : la portière du côté conducteur, le mur d'outils de jardin où l'agent Bannan avait certainement choisi une arme improvisée, l'allée qui menait à la maison où l'agression avait eu lieu. L'agent Drummy fit le tour pour rejoindre le père Joe qui se dirigeait vers le jardin.

Mulder sentit la présence de Whitney à ses côtés et se tourna vers elle.

— On est dans la place, lui dit-il sur un ton très libre.

Elle haussa les épaules.

— Des équipes de journalistes ont couvert cet enlèvement… et des photos du quartier ont été prises. Il a pu reconnaître l'endroit grâce à la télé.

— C'est vrai. Mais pourquoi ?

Elle le regarda en clignant des yeux. Ceux-ci, bien que d'un bleu froid, n'en étaient pas moins chaleureux.

— Pourquoi ? répéta-t-elle.

Mulder quitta l'auvent. Il regarda l'agent Drummy qui suivait le père Joe. Tous deux progressaient sur la plaine enneigée qui s'étendait au-delà du jardin. Au loin se dressait une forêt qui semblait aussi accueillante que celle qu'avait traversée Blanche-Neige.

— Pourquoi faire tout ça ? lui demanda Mulder. Pourquoi se donner tout ce mal et inventer une histoire aussi élaborée ?

Whitney lui adressa un sourire destiné à lui faire prendre conscience de sa naïveté – le genre de sourire que Scully lui avait adressé des milliers de fois.

— L'expiation, dit-elle. Le pardon de ses péchés.

— Le père Joe pense pouvoir duper Dieu ?

— Pas Dieu. Il a écrit des dizaines de lettres au Vatican pour supplier l'Église de le reprendre.

Mulder fronça les sourcils et eut un sourire en coin.

— Jouer les médiums pour le FBI est une manière plutôt étrange d'impressionner le Saint-Siège.

— Pas vraiment, répondit-elle en secouant la tête.

Dieu qui s'exprime par l'intermédiaire d'un homme ? Cette chose-là a fonctionné plusieurs fois.

— Comme Jeanne d'Arc qui est morte sur le bûcher. Vous pensez donc que c'est un imposteur ? (Elle ne répondit rien.) Vous pensez qu'il est *impliqué* ? Qu'il est peut-être coupable dans cette affaire ?

Elle suivait elle aussi du regard les deux personnages qui avançaient au milieu du paysage enneigé.

— Oui, nous devons le considérer comme un suspect.

— Mais vous n'avez pourtant trouvé aucun lien avec ce crime.

Elle eut un rire bref.

— Ne croyez pas que mes gars ont cessé leurs recherches. Ils sont en train de fouiller chacun des recoins de la vie mouvementée du père Joe Crissman. Et ils pensent qu'ils y découvriront quelque chose.

Mulder la regarda, se plongea dans ses yeux bleus et comprit qu'il se trompait.

— Mais vous, vous n'y croyez pas… vous pensez qu'il est sincère.

— Vraiment ?

— Oui. Sinon je ne serais pas là.

Elle le lorgna, et Mulder comprit – malin comme il l'était – qu'elle était impressionnée par son analyse.

Lorsqu'elle reprit la parole, elle s'exprima sur un ton moins professionnel et plus humain :

— Disons simplement que je ne suis pas la fille la plus populaire en ce moment au FBI, vous pouvez me croire. Et c'est parce que je vous ai fait venir.

— Mais je vous crois. J'étais moi-même Monsieur

Populaire au bureau. Vous devriez voir le placard dans lequel ils m'avaient fourré. Mulder le Martien ? Ça vous dit quelque chose ?

Elle sourit et secoua la tête, puis lui répondit avec un respect indéniable :

— Vous avez déjà eu affaire à des médiums par le passé – Luther Lee Boggs, Clyde Bruckman, Gerald Schnauz… J'ai étudié ces cas, Mulder, et votre travail est vraiment impressionnant.

— Merci. (Il pencha la tête.) Mais sachez que nous étions deux à faire ce travail, je n'étais pas seul.

Elle fronça les sourcils.

— Vous le pensez vraiment, n'est-ce pas ? Ce n'est pas de la fausse modestie de votre part ?

— Non. Scully m'empêche d'être malhonnête. Lorsqu'elle n'est pas là, il est préférable de garder un œil sur moi.

— C'est entendu. (Elle sourit de nouveau. C'était vraiment une femme charmante.) J'ai compris. Et le travail de Dana Scully est lui aussi des plus impressionnants. Mais c'est *votre* perspicacité dont j'ai besoin. Vous vous joignez à nous ?

Ils s'engagèrent sur le terrain pour rejoindre Drummy qui s'était arrêté et qui observait le père Joe. Celui-ci errait dans la neige comme un ivrogne à la recherche de ses clefs de voiture.

— C'est ridicule, dit Drummy à Whitney.

La jeune femme et Mulder se trouvaient à plusieurs mètres de lui.

Mulder répondit. Mais sa réponse était adressée à Whitney, pas à Drummy.

— Non, pas du tout.

Il observait le prêtre et l'étudiait comme un chercheur étudierait un organisme à l'aide d'un microscope.

— Ses visions possèdent une certaine particularité, déclara Mulder. La façon directe dont il les présente est un indicateur positif. De par mon expérience, la plupart des médiums sont enclins à l'exagération – même quand leurs pouvoirs sont véritables et que leurs visions sont communes. Ils ne veulent pas que cela *paraisse* trop simple. Alors ne vous laissez pas dissuader par…

Mulder s'arrêta net. Whitney et Drummy suivirent le regard de Mulder qui était rivé sur le prêtre. Ce dernier avait cessé d'errer et s'était figé.

Puis, comme s'il ressentit une envie subite de prier, le père Joe s'agenouilla.

Mulder se mit aussitôt à courir, ses jambes s'enfonçant jusqu'aux genoux dans la neige. Derrière lui, les deux agents du FBI firent de leur mieux pour aller aussi vite que lui. La neige craquait sous leurs pas.

Le prêtre, toujours agenouillé, leva les yeux vers eux, les trois individus s'arrêtèrent subitement en dérapant.

Les traits de Crissman étaient encore plus tirés qu'à l'accoutumée, ses yeux étaient emplis de tristesse et la douleur se lisait sur son visage.

— Elle courait… elle essayait de s'enfuir. (Il tourna la tête.) Il y avait deux hommes… mais elle n'a rien pu faire… (Il regarda de nouveau devant lui.) Il l'a jetée à terre… Ici ! (Il désigna la neige.) *Ici même*… puis ils l'ont mise à… à l'arrière de…

Whitney se pencha en avant, les mains sur les genoux.

— *Où ça ?* À l'arrière de *quoi* ?

— Dans leur voiture… non, une camionnette. (Il ne cillait pas. Il regardait droit devant lui et aussi à l'intérieur de lui-même.) Une camionnette avec quelque chose… quelque chose *dessus*. (Il plissa les yeux.) Je ne sais pas quoi…

— Il nous faut plus d'informations, mon père, lui dit Whitney avec désespoir. Nous devons la *retrouver*…

Le visage de Crissman se raidit.

— Elle souffre… elle souffre *beaucoup*…

— Dites-moi *où* ! lui intima Whitney.

Il secoua la tête. Ses yeux étaient maintenant à moitié clos. Il semblait presque effrayé.

— Je ne sais pas. Je ne vois pas…

Le prêtre aux cheveux hirsutes semblait au bord des larmes et de l'épuisement. Il secoua de nouveau la tête.

— Je ne vois pas… Je ne vois *pas*…

Puis le père Joe, toujours à genoux dans la neige, s'effondra, ses mains gantées en avant, et il se mit à pleurer abondamment. Il était agité de sanglots qui semblaient monter des profondeurs de son être, de son âme même.

Drummy jeta un coup d'œil dubitatif à Mulder et ce dernier pensa seulement qu'il aurait aimé que Scully soit là. Mulder pouvait être dupe de ce genre de comédie, mais Scully aurait su voir la vérité – *si* d'aventure il était possible d'y voir quelque chose. Elle aurait vu avec précision en quoi ces sanglots étaient simulés. S'ils l'étaient.

Et si elle avait été là.

— Vous aviez raison tout à l'heure, Mulder, lui dit Drummy.

— Pardon ?

— Ce fils de pute sait foutrement bien se mettre en scène.

Écœuré, l'agent tourna les talons et s'éloigna dans la neige épaisse.

Mais Mulder et Whitney restèrent sur place et observèrent le père Joe qui continuait à pleurer et qui leur apparaissait de plus en plus comme un mauvais comédien qui force son jeu.

C'est à ce moment que Mulder vit le sang.

Les gouttes de sang qui s'écoulaient et tombaient dans la neige sous la tête inclinée du père Joe.

Mulder approcha, posa une main sur l'épaule du prêtre et lui dit :

— Mon père ? Est-ce que…

Le grand homme aux cheveux emmêlés leva les yeux vers Mulder qui fut décontenancé par ce qu'il découvrit.

Le père Joseph Crissman pleurait assurément. Il ne faisait pas semblant. Il pleurait vraiment.

Et il *pleurait du sang* : de minces traînées rougeâtres étaient visibles sur ses joues à l'endroit où ses larmes avaient coulé.

Whitney l'avait vu elle aussi et elle regarda Mulder en hochant la tête. Il sut que la confiance qu'elle éprouvait pour lui était en train de grandir.

5

Hôpital Notre-Dame-des-Peines
Richmond, Virginie
10 janvier

Dana Scully, qui portait sa blouse blanche au-dessus de son chemisier et de sa jupe brune, laissa derrière elle l'animation du couloir pour le calme d'une chambre d'hôpital. Son jeune patient, Christian Fearon, était assis dans son lit. Le jeune et frêle garçon regardait par la fenêtre et contemplait la blancheur de ce matin d'hiver.

— Bonjour, Christian, lui lança Scully en approchant du lit. Tu t'es réveillé tôt.

L'enfant au teint pâle, toujours vêtu de sa blouse d'hôpital ornée d'éléphants et de clowns, la regarda d'un air absent.

— Je réfléchissais.

— Vraiment ? Et tu réfléchissais à quoi ?

— Au moyen de sortir d'ici.

Sa détermination, son courage, firent naître un sourire sur les lèvres de Scully, un sourire qui n'était pas uniquement destiné à Christian.

— Tu sais, lui avoua-t-elle, je réfléchissais à la même chose.

Il acquiesça. Ses yeux n'étaient pas ceux d'un enfant. « Une vieille âme », aurait dit Mulder.

— Si c'est le cas, dit Christian avec un léger tremblement dans sa jeune voix, je vais bientôt sortir d'ici ?

Ce n'était pas uniquement de la détermination. Ou du courage. Scully perçut également de la peur.

Elle fronça les sourcils.

— Quelque chose t'a fait peur ?

Il opina de nouveau du chef.

— La façon dont ce monsieur m'a... m'a *regardé*.

Elle vint au pied du lit pour consulter sa fiche médicale, mais ne découvrit qu'un dossier vide. Son sang ne fit qu'un tour.

— Quel homme ?

Les yeux du garçon lui répondirent, et Scully se tourna vers la forme quasi spectrale, vêtue de noir, du père Ybarra qui se trouvait dans le couloir et qui lisait justement la fiche qu'elle cherchait.

Elle adressa à son jeune patient un sourire rassurant et lui serra doucement le bras.

— N'aie pas peur, Christian, lui dit-elle.

Puis elle se dirigea à grands pas vers l'administrateur de l'hôpital.

Scully fit un petit signe de tête en direction de la fiche médicale que le père tenait dans ses mains. Elle lui sourit, mais lorsqu'elle parla son ton fut cassant.

— C'est justement ça que je cherchais.

L'ovale triste de son visage communiquait le genre de lasse compassion qui accompagnait le désespoir, et non l'espoir.

— Bonjour, docteur Scully. Je voulais examiner moi-même sa fiche… et aussi le résultat des nouveaux tests que vous aviez préconisés.

Elle se hérissa. L'audace de l'administrateur dépassait toutes les limites du professionnalisme.

— Ce n'est pas vraiment de votre compétence, mon père – c'est celle du médecin principal, rétorqua Scully sur un ton d'une politesse glaciale. Et il se trouve que c'est moi.

La ligne qui barrait son visage fripé aurait pu être un sourire, mais Scully savait qu'il n'avait rien d'amical ou de favorable.

— Il est de *ma* compétence, docteur Scully, de m'assurer que tous mes médecins prennent les meilleures décisions – pour leurs patients, et pour mon hôpital.

Elle tendit la main.

— Puis-je voir le résultat de ces tests, s'il vous plaît ?

Il marqua une pause, puis soupira et lui tendit la fiche de son patient. Lorsqu'il reprit la parole, il parut véritablement sincère et inquiet, le ton de sa voix se fit presque paternaliste :

— Nous sommes ici pour soigner les malades, docteur Scully, pas pour prolonger les épreuves des mourants. Et certainement pas pour accroître les souffrances d'un enfant. Nous avons tout fait pour le soigner et nous nous contentons désormais de le garder avec nous – mais il existe d'autres centres, de meilleurs endroits, pour arriver à cette fin.

Le mot « fin » lui glaça les sangs, mais elle ne pouvait pas discuter l'opinion du prêtre. Pas rationnellement.

— Je comprends, dit-elle doucement en acquiesçant.

Puis elle tourna les talons et sortit, le regard triste de ce dernier planté dans son dos.

De l'avis de Scully, la tristesse envahissait trop facilement le père Ybarra. Comme sa volonté de laisser un jeune garçon comme Christian partir trop tranquillement dans la bonne nuit que louait le poète [1]. C'était un homme de foi qui s'abandonnait volontiers à la sagesse traditionnelle et au résultat financier de son hôpital.

Elle avançait maintenant plus rapidement et fit de son mieux pour ne pas bousculer les médecins, les infirmières, les nonnes et les patients sur son chemin. Elle ne voulait attirer l'attention de personne, mais les larmes l'aveuglaient presque et la force qui guidait ses pas puisait à la source brute de ses émotions.

Son bureau était un petit espace privé sombre. Elle s'assit immédiatement derrière sa table de travail, alluma une lampe et tenta de parcourir la fiche médicale qu'elle avait confisquée au père Ybarra. Mais elle ne parvint pas à lire les résultats, les yeux embués de larmes. Lorsque celles-ci se mirent à couler, elle s'y abandonna, haletante, tout en luttant pour réprimer les sanglots déchirants qu'elle sentait monter.

Ses doigts cherchèrent des mouchoirs en papier dans la boîte posée sur son bureau, mais elle était vide. Elle tendit la main vers son sac au sol, parvint

---

1. Référence au poète gallois Dylan Thomas et à son poème *N'entre pas sans violence dans cette bonne nuit.* (*NdT*)

à l'ouvrir et se mit à la recherche d'un paquet de Kleenex. Elle retira plusieurs dossiers qui la gênaient et les posa sur son bureau.

Elle finit par trouver des mouchoirs, essuya ses yeux, se moucha et parvint à se ressaisir.

Scully se contraignit à reprendre une attitude plus professionnelle et son souffle se calma. Elle parcourut son bureau du regard, à la recherche de la fiche médicale de Christian. Mais elle se trouvait sous les dossiers du FBI que Mulder lui avait donnés. C'étaient ces dossiers qu'elle avait retirés en tâtonnant dans son sac pour trouver des Kleenex.

Elle se retrouva à regarder fixement le symbole familier du FBI. Elle prit les dossiers, juste pour les déplacer…

… et les ouvrit puis se mit à les lire, à les étudier, et à réfléchir.

Piscine natatorium de Somerset
Somerset, Virginie
10 janvier

La piscine couverte existait depuis de nombreuses décennies : ses vieux murs carrelés avaient vu grandir d'innombrables enfants et ses lampes au plafond avaient éclairé des générations de nageurs dans la même pénombre réfléchissante et sinistre. Les nageurs trouvaient souvent cette atmosphère reposante, presque méditative, comme si l'ancien natatorium était un univers à part et que lorsque l'on nageait dans son bassin, on se retrouvait dans une autre dimension ou peut-être même dans le passé. Une poignée d'entre eux profitait de la période de « nage gratuite » de l'après-midi, dont Cheryl Cunningham, une jeune et séduisante programmeuse de Somerset qui était assise au bord de la piscine dans un maillot une-pièce fuchsia.

Cheryl avait trente-quatre ans et était dotée d'un physique d'athlète mince et harmonieux. Elle portait ses cheveux blonds en queue-de-cheval et la natation était son sport favori. Elle appréciait les moments intimes comme celui-ci lorsqu'elle avait la piscine presque pour elle seule ; sous-peuplée comme en cet instant, la vieille piscine couverte et caverneuse était étrangement rassurante, comme une église dans laquelle on pouvait errer pour profiter d'un moment de prière.

Elle se glissa dans l'eau, plongea, puis se mit à nager. Après une première longueur, Cheryl s'arrêta au bord pour saisir une planche de natation, son bracelet médical d'identification claquant contre cette dernière, puis elle repartit pour une nouvelle longueur en battant des jambes.

Cheryl ne savait pas que quelqu'un l'observait : un homme musclé aux traits anguleux qui nageait dans un couloir parallèle, sous l'eau, ses longs cheveux bruns flottant derrière lui comme des algues. Lorsqu'il remonta finalement à la surface, il ne cessa pas de l'observer de ses yeux injectés de sang, mais Cheryl ne le remarqua toujours pas. Une jolie blonde comme elle n'aurait peut-être pas été surprise d'attirer l'attention d'un nageur.

Sauf que ce nageur la regardait avec des yeux rouges à l'intensité malsaine. Et comme une autre jeune femme récemment, si Cheryl avait pu voir cet individu aux cheveux fins et au visage osseux, elle aurait pensé immédiatement à Raspoutine.

Mais elle ne le vit pas.

Quarante-cinq minutes plus tard, lorsque Cheryl sortit du natatorium de Somerset sur le parking complètement enneigé de la piscine, des monticules de neige s'amassaient comme des murs de forteresse autour des quelques voitures encore stationnées. Elle ne se rendait toujours pas compte qu'elle était observée. Elle se sentait même plutôt seule et la solitude de cet après-midi gris et nuageux lui convenait. Malgré le froid et le moment passé dans la piscine, elle avait chaud, bien habillée comme elle l'était de son parka violet, d'un pull-over et d'un jean, d'une paire de gants et d'après-skis. Elle était prête à affronter la morsure de l'hiver.

Elle ouvrit la porte du côté passager de son antique Subaru à hayon et y jeta son sac de sport. Puis elle fit le tour, s'installa au volant, et le moteur démarra immédiatement – qu'il en soit béni ! Derrière elle, un vieux pick-up 750 ayant achevé son travail de déneigement sur le parking tourna ses gros pneus vers la route et avança bruyamment tandis qu'elle se préparait à quitter son emplacement. Elle attendit que ce vacarme cesse et sorte de son existence, alluma la radio et se retrouva bientôt sur la route enneigée qui la ramènerait chez elle.

De gros flocons de neige se remirent à tomber.

Mon Dieu, quel hiver ! pensa Cheryl. *Il serait temps que ça cesse, bon sang !*

Mais les rafales ne firent que s'intensifier et réduisirent sa visibilité. Tandis que ses essuie-glaces repoussaient la neige qui bombardait son pare-brise, au moment même où Gwen Stefani entonna *It's My Life*, Cheryl se mit à chanter à voix haute – pas à la manière d'un karaoké bruyant, mais plutôt comme un accompagnement distrait, destiné à l'encourager dans sa lutte contre les éléments.

L'éclat rougeâtre de feux stop apparut devant elle.

C'est parfait, se dit-elle. *Je vais pouvoir me coller à l'arrière de ce véhicule pour traverser cette tempête...*

Le véhicule apparut plus distinctement, et elle vit qu'il s'agissait du vieux chasse-neige ; elle ne voulait vraiment pas se coller à lui. Devant elle, l'imposant pick-up déneigeait l'accotement droit et, au milieu de cette tempête, il allait peut-être être dangereux de le doubler.

Avec précaution, elle s'approcha du véhicule encombrant, décida qu'elle avait suffisamment d'espace pour le doubler sur la gauche et guida la Subaru sur la voie qui venait en sens inverse en accélérant légèrement.

Mais au moment où elle initia sa manœuvre, le monstre se déporta vers elle : le conducteur ne l'avait peut-être pas vue ! Elle se mit à paniquer. La petite voiture parut elle aussi paniquer et roula sur une plaque de verglas. La jeune femme perdit le contrôle de son véhicule et la Subaru percuta le flanc du chasse-neige.

Elle parut rebondir sur le gros véhicule comme une boule de flipper. Elle reprit le contrôle de son véhicule mais en dehors de la route. Ses pneus heurtèrent une congère et la Subaru s'arrêta net en soulevant des nuages de poudreuse. Son airbag se déclencha dans un « whoosh ».

Consciente mais étourdie, Cheryl perçut à peine le petit blizzard qu'elle avait fait naître autour de son véhicule. Lorsqu'il finit par retomber, elle ne vit même pas que sa petite voiture était enfoncée dans la neige jusqu'aux vitres. Le souffle court, elle regarda par la vitre du côté passager, à l'endroit où le chasse-neige s'était arrêté, et vit son conducteur descendre de la cabine. Il avança péniblement dans la neige épaisse dans sa direction, sa silhouette apparaissant et disparaissant au milieu des rafales de vent.

Son sauveteur portait quelque chose sur son bras, une sorte de bâche noire. De grande taille, il était vêtu d'un manteau en toile, d'un jean noir et d'après-skis, ses cheveux étaient longs et bruns et son visage impassible avait l'apparence anguleuse de celui d'un Apache. Il se retrouva bientôt devant la portière passager et se baissa pour la regarder.

L'airbag maintenant dégonflé, Cheryl s'adressa à lui à travers la vitre :

— *Salut!* Bonjour… Comme je suis heureuse de vous voir… *Je crois* que je vais bien…

Mais bizarrement, il s'éloigna de la vitre et… *bon Dieu!* Il bondit sur le capot de la Subaru et avança d'un pas lourd sur le métal qu'il déforma et raya. Bon sang! pourquoi faisait-il une *telle* chose?

Puis il sauta dans la neige du côté conducteur, et elle aperçut ses mains – *il ne portait pas de gants dans ce froid?* Elle vit une belle entaille sur sa main droite et ses deux mains étaient boursouflées, très boursouflées.

Avait-elle perdu connaissance? Avait-elle des hallucinations?

Il approcha bientôt son visage de la vitre et il la regarda avec une absence d'expression horrible et terrifiante : dans ses yeux injectés de sang se lisait la folie, ses cheveux bruns gras lui tombaient sur les épaules.

Raspoutine! pensa-t-elle.

Lorsqu'il fracassa la vitre, elle se mit à hurler, mais personne ne l'entendit. Et elle continua à hurler en luttant et en se débattant, mais personne ne la vit. La neige tombait désormais abondamment et personne n'était suffisamment stupide pour rouler dans ces conditions. Il n'y avait personne pour entendre les cris ou le bruit du chasse-neige poussif ou pour voir son conducteur retourner vers son véhicule en traînant quelque chose derrière lui.

Une bâche noire.

Avec quelque chose à l'intérieur.

Une chose possédant la taille et la forme précises de Cheryl Cunningham.

La campagne virginienne
10 janvier

Fox Mulder, torse nu, s'assit bien droit dans le lit. À côté de lui, vêtue d'un pyjama en soie mauve, Dana Scully se détourna. Il savait pourtant qu'elle avait les yeux ouverts. Il avait senti, lorsqu'elle était revenue de l'hôpital, qu'elle avait vécu une journée pleine d'émotion. Et il la connaissait suffisamment bien pour ne pas la bousculer. Et pour la laisser assimiler les événements.

La soirée avait laissé place à la nuit et il comprit dans l'obscurité de leur chambre à coucher qu'elle n'avait rien assimilé. Il ne pouvait plus le supporter. Il devait dire quelque chose. Pour essayer de l'aider.

— Je t'entends réfléchir, lui dit-il doucement.

— Je suis désolée. Je n'arrive pas à dormir, lui dit-elle, le dos toujours tourné.

— J'ai peut-être un petit quelque chose pour t'aider ?

Elle se tourna vers lui pour lui sourire d'un air narquois, les cheveux joliment décoiffés, son sourire lui aussi légèrement froissé.

— Juste un petit quelque chose ?

Mulder lui passa la main dans les cheveux pour les lisser.

— C'est quoi le problème ?

— Rien. Tout va bien.

— Scully.

Elle soupira.

— J'ai un patient, un jeune garçon atteint d'une maladie du cerveau très rare. Et il est très, très malade.

Mulder plissa les paupières.

— Ça fait longtemps que tu endures tout ça, n'est-ce pas ? Pourquoi tu ne m'en as pas parlé plus tôt ?

Elle secoua lentement la tête.

— Je croyais maîtriser la situation. Je croyais que je pouvais peut-être faire… quelque chose.

— Et ce n'est pas le cas ?

Elle s'appuya sur un coude.

— Il existe effectivement des traitements radicaux… mais personne ne semble vouloir en parler. Et même les experts prétendent qu'il n'y a rien à faire.

— Rien ?

— Rien sauf le laisser mourir. Et je ne considère pas cela comme une option.

Il eut un léger sourire.

— Non.

— C'est pourquoi… (elle haussa une épaule) je suis couchée ici et je maudis le Seigneur pour toutes ses cruautés.

— Ah oui ? Et tu crois que ça empêche *Dieu* de dormir ?

Scully regarda au-delà de Mulder, le regard plongé dans les ténèbres.

— Pourquoi faire naître un enfant dans ce monde pour simplement le faire souffrir ? Je ne sais pas ce que c'est, mais je ressens un tel… lien avec ce garçon. Son âme est précieuse et généreuse.

Mulder acquiesça.

— Quel âge a-t-il ?

— Six ans. Presque sept.

Il vit que la douleur marquait son beau visage et il en connaissait la cause. La cause réelle. Devait-il le lui dire ?

— Mulder ?

— Quoi ?

— Tu crois que c'est à cause de William.

William, leur fils. Au cours d'une période particulièrement tendue et dangereuse pour Scully – lorsqu'elle et Mulder avaient été contraints de se séparer –, elle avait fait adopter leur enfant. Malgré tous leurs regrets, ils ne pouvaient plus revenir sur cette décision.

— Je pense que la perte de notre enfant nous a laissé à tous les deux un vide qui ne peut pas être comblé, lui dit Mulder très gentiment.

Elle secoua la tête.

— Mulder, j'ai déjà eu affaire à des enfants malades par le passé. J'ai toujours réussi à faire la part des choses. Je ne sais pas pourquoi je n'y arrive pas *aujourd'hui*… dans ce cas *précis*… (Elle soupira et se détourna de nouveau de lui pour se recroqueviller dans une position quasi fœtale.)… quand il n'y a plus rien d'autre à *faire*…

— Tu sais quoi ? lui dit-il en lui touchant l'épaule. Tu vas dormir pendant que je m'en occupe.

— Pendant que tu t'occupes de quoi ?

— De maudire le Seigneur pendant un moment.

Elle tourna la tête et lui adressa un sourire, un sourire aimant et tellement adorable, et il l'embrassa sur la joue.

— Merci, lui dit-elle.

Il l'embrassa de nouveau. Sur la bouche cette fois.

— Oh ! cette satanée barbe..., le réprimanda-t-elle.

Puis elle ferma les yeux. Il l'observa en se demandant s'il avait été le seul à croire que ce baiser (qu'il gratte ou non !) allait peut-être mener à quelque chose. Mais elle semblait s'être enfin endormie et il changea de position pour l'imiter. Il avait presque sombré dans le sommeil lorsqu'elle ajouta après coup :

— Ah ! il y avait bien quelque chose...

— Quelque chose ?

— Une chose bizarre dans le rapport de toxicologie du bras tranché.

Il se réveilla aussitôt et se redressa sur un coude.

— Quoi ?

— J'ai réexaminé le rapport de preuves du FBI. Dans sa peau, il y avait des traces d'une drogue que l'on administre fréquemment aux patients que l'on soigne par radiation. Et également des traces d'une drogue nommée acépromazine.

— Et pourquoi c'est bizarre ?

— Parce que l'acépromazine est utilisée comme tranquillisant animal.

La voix de Scully indiquait qu'elle était pratiquement endormie, mais Mulder se rassit.

— C'est *moi* maintenant qui ne peux plus dormir.

Il se leva et sortit de la chambre.

— Mulder... ? l'appela Scully.

Il gagna la salle de bains et s'aspergea le visage, au-dessus du lavabo. En relevant la tête, il vit le reflet de

Scully dans le miroir. Elle était derrière lui et enfilait sa robe de chambre.

— Mulder… qu'est-ce que tu fais ?

— Pourquoi un tranquillisant animal se trouve-t-il dans un échantillon de tissu du bras tranché d'un homme ?

Elle haussa les épaules et roula des yeux.

— Je ne sais même pas quoi en penser…

— Il a dit qu'il avait entendu des chiens aboyer.

— Qui ça ?

— Le père Joe.

Mulder ouvrit l'armoire à pharmacie et prit son rasoir mécanique et une bombe de crème à raser. Il referma la pharmacie et vit de nouveau le reflet de Scully qui fronçait les sourcils, surprise.

— Mulder, qu'est-ce que tu *fais* ? lui répéta-t-elle.

Il fit mousser une noix de crème à raser et commença à l'appliquer sur son visage barbu.

— Est-ce que c'est un tranquillisant que tu donnerais à un chien ?

Elle ne répondit pas à sa question et choisit de lui dire :

— Ce père Joe, Mulder, c'est un imposteur. Il tire ses visions d'on ne sait où et maintenant c'est toi qui te forces à trouver un lien entre elles. C'est une ruse de roublard, Mulder… à défaut d'une saine interprétation.

— Lorsque je vois quelqu'un pleurer des larmes de sang dans la neige, dit-il en ajoutant de la mousse à raser, sur une scène de crime qu'il a reconnue, sans jamais l'avoir vue…, je dois prendre le risque de penser qu'il ne s'agit peut-être pas d'une ruse de roublard. Tu me comprends ?

Elle pencha la tête en plissant les paupières.

— Des larmes de sang ?

— Oui, des larmes de sang. Comment tu peux truquer *ça* ?

Elle haussa les épaules.

— Je ne sais pas comment truquer ça, Mulder. Je ne sais pas si c'est révélateur d'un état de santé ou le résultat d'une vie de perversion et de dissolution… mais ces deux pistes sont à envisager. Mais je sais cependant que même l'obsession ne peut empêcher l'inévitable.

Mulder n'était pas d'humeur à entendre ça. Il commença à se raser.

— C'est ce que tu étais justement en train de me dire, lui dit-elle doucement.

Il aurait très bien pu lui dire finalement qu'elle essayait de sauver cet enfant malade pour, d'une certaine manière, récupérer William. Parce que maintenant elle était en train de lui expliquer qu'il essayait de sauver un agent du FBI disparu pour « retrouver » sa sœur.

Il aurait pu se mettre en colère et lui rétorquer : « Arrête tes conneries. »

— Ça n'a aucun rapport avec l'obsession, lui dit-il finalement.

Dans le miroir, Scully paraissait épuisée et semblait hésiter entre ajouter quelque chose ou se résigner au silence.

Il cessa son rasage pour se retourner et la regarder en face, les yeux dans les yeux.

— Ma sœur est morte. Cet agent est en *vie*.

Mais Scully secoua la tête.

— Je ne pense pas qu'elle soit encore vivante, Mulder. Et je ne pense pas que nous puissions y faire grand-chose.

Il se retourna vers le miroir et contempla son reflet.

— Je pense que tu te trompes.

Elle soupira et secoua encore la tête ; elle semblait trop fatiguée pour en découdre. Elle tourna brusquement les talons et quitta la salle de bains en abandonnant Mulder et son reflet, sa barbe laissant peu à peu apparaître une peau douce.

Scully se glissa dans leur lit et se sentit subitement très seule, silencieuse et frustrée ; elle savait qu'elle avait provoqué cette situation en le persuadant de s'impliquer. Elle se demanda si elle parviendrait même à trouver le sommeil lorsque, comme pour répondre à sa question, son téléphone portable se mit à sonner.

Elle s'assit et fronça les sourcils en se demandant où elle avait bien pu laisser traîner ce maudit objet. Elle finit par se lever et suivit la sonnerie jusque sur le dessus de sa coiffeuse.

— Allô ! répondit-elle timidement.

Peu de personnes connaissaient ce numéro…

— Docteur Scully ? lui demanda une voix masculine qu'elle ne reconnut pas.

— Oui ?

Son cœur se mit à battre à tout rompre : était-ce une mauvaise nouvelle en provenance de l'hôpital à propos de Christian ?

— Il faut que je vous mette en relation avec

quelqu'un, docteur Scully. J'ai un appel d'une certaine Dakota Whitney...

La connexion téléphonique fut établie et Scully entendit le bruit d'un moteur en toile de fond. Elle comprit rapidement que Whitney devait sans nul doute l'appeler depuis une Ford Expedition du FBI roulant sur une nouvelle route de campagne.

— Je suis désolée de vous appeler à cette heure, docteur Scully, lui dit Whitney. (Sa voix chevrotait légèrement à cause d'un trajet plutôt cahoteux.) J'essaie de joindre Fox Mulder.

À la porte de leur chambre, Mulder, torse nu, essuya la crème à raser de son visage glabre et lui lança :

— C'est qui ?

— Vous avez trouvé quelque chose ? demanda Scully à Whitney.

— Ils l'ont *retrouvée* ? demanda Mulder en s'approchant de Scully.

— Nous suivons une nouvelle piste..., déclara Whitney.

— D'une autre source ? demanda Scully.

— De la même. Mais ce sont de *nouvelles* informations...

Scully ferma les yeux de colère en entendant, dans le fond, le père Joe crier :

— LÀ... TOURNEZ LÀ ! C'EST LÀ... C'EST LÀ...

Mulder se tenait à côté d'elle et ressemblait à l'homme qu'il était dix ans auparavant avec sa bouille bien rasée et son regard déterminé.

— C'est pour toi, déclara Scully en lui tendant le téléphone.

6

La campagne virginienne
11 janvier

Malgré la noirceur de la nuit – ou plutôt de l'aube proche –, Dana Scully, au volant de sa Taurus, n'eut aucune difficulté à rejoindre l'équipe du FBI. Mulder, assis à côté d'elle, l'avait guidée… et il lui semblait qu'ils se trouvaient sur une des mêmes routes enneigées que celles qu'il avait empruntées le matin précédent avec l'agent spécial adjoint Whitney, l'agent spécial Drummy et le père Joe.

Passé minuit, le paysage d'hiver, bien qu'incontestablement menaçant, était d'une beauté unique. Avant même de remarquer les deux Expedition noires stationnées sur le bas-côté, Mulder et Scully aperçurent les faisceaux lumineux des lampes torches qui perçaient la nuit comme des éclairs spectraux.

Scully s'arrêta derrière l'un des deux véhicules sur ce ruban d'asphalte perdu au milieu d'une longue étendue désertique et enneigée surplombée par la lune. Elle fut la première à descendre, emmitouflée dans son manteau brun, des bottes fourrées UGG remontant sous ses genoux. Elle s'approcha rapidement de Whitney, qui portait une veste thermique noire du FBI, et se tenait au milieu de la route à côté d'une Expedition. L'agent ne paraissait pas joyeux.

— Vous l'avez trouvée ? Est-elle… ? lui demanda Scully, alarmée.

Whitney ne lui répondit cependant pas immédiatement. Ses yeux bleu métallique regardaient par-dessus l'épaule de Scully. Celle-ci tourna la tête et vit Mulder qui approchait. L'espace d'un instant, l'agent spécial adjoint ne parut pas reconnaître la version rasée de près de l'ancien agent du FBI. Lorsque Whitney finit par sourire en reconnaissant le nouveau Mulder, Scully prit conscience de l'expression de midinette de l'agent.

Avec probablement une pointe d'irritation dans la voix, Scully revint à l'essentiel et répéta sa question :

— Vous l'avez trouvée ?

— Non, répondit Whitney.

Mulder rejoignit Scully et ils échangèrent un regard soulagé. Même si les chances de survie de l'agent disparu étaient minces, Scully partageait avec tous les autres membres de l'équipe de recherche le même espoir de la retrouver en vie.

— Au téléphone, lui souffla Scully, vous avez dit que vous aviez de *nouvelles* informations… ?

Whitney soupira puis sourit d'un petit air affecté.

— Je crains que ces « nouvelles » de notre médium préféré nous aient conduits sur le même site que précédemment. (Elle secoua la tête.) Je suis désolée. C'était juste une fausse alerte. Mais vous *êtes* ici, donc…

Scully eut subitement envie de tourner les talons et

de remonter dans sa voiture, mais Mulder se dirigeait déjà à grandes enjambées vers le champ enneigé, en direction des faisceaux lumineux des lampes torches qui zébraient la nuit. Elle fronça les sourcils et lui emboîta le pas, Whitney l'imita.

Les traits de lumière étaient pointés vers le sol et une demi-douzaine d'agents, vêtus de leurs vestes typiques du FBI, examinaient de près le site en donnant méthodiquement des coups de pied dans la neige épaisse et fraîchement tombée au cours de l'après-midi. Cet examen était dirigé par le père Joe Crissman lui-même qui venait de s'arrêter pour faire face à l'agent Drummy. Ce dernier avait l'air troublé.

L'agent Afro-Américain haletait et Scully devina que ce n'était pas l'effort qui le faisait souffler ainsi, mais plutôt l'agacement. De longues volutes de buée s'échappaient de sa bouche comme de la fumée.

Un vrai panache de fumée sortit d'entre les lèvres de l'ancien prêtre et Scully vit qu'il fumait une cigarette. Cet individu mal rasé à l'apparence débraillée ressemblait plus à un sans-abri à la recherche d'un refuge qu'à un médium guidant une équipe de recherche du FBI.

Crissman, qui semblait lui aussi agacé, s'adressait à Drummy :

— Il faut continuer. Vous allez *trouver* ce que l'on cherche…

— C'est ce que vous ne cessez de rabâcher, rétorqua Drummy. Trouver quoi ? Et *où ça* ?

Crissman tira sur sa cigarette, garda la fumée dans ses poumons, puis la relâcha.

— Vous allez trouver un corps.

L'agent le foudroya du regard et ses narines se dilatèrent.

— Mais vous ne cessez de répéter qu'elle est en *vie* !

Le père Joe opina du chef et ses cheveux ébouriffés, qui ressemblaient à un véritable nid de serpents, s'agitèrent.

— C'est la vérité.

Drummy leva les bras au ciel et secoua la tête. Puis il regarda dans la direction du trio composé de Mulder, Scully et Whitney avec une expression qui semblait dire : *J'abandonne !*

Scully ne pouvait pas le lui reprocher. Le père Joe était un homme d'action. Rien dans son comportement ou son attitude ne lui semblait particulièrement relever de la spiritualité. Au cours des années passées aux affaires non classées, elle avait rencontré plusieurs individus qui l'avaient convaincue de prendre au sérieux l'idée de voyance. Le père Joe n'était en rien comparable à eux.

Drummy secoua de nouveau la tête et se tourna vers Whitney :

— On peut continuer comme ça toute la nuit. Et jusqu'à l'aube.

Whitney parut réfléchir à la supplique de l'agent.

Il fit un geste en direction des enquêteurs qui poursuivaient leur fouille minutieuse, leurs rais de lumière caressant la neige.

— Nos agents en ont marre, lui avoua Drummy.

Whitney inspira profondément et laissa échapper un un panache de buée.

— Vas-y, dit-elle à Drummy. Tu peux tout arrêter.

Drummy était trop professionnel pour sourire, mais Scully comprit qu'il avait failli le faire. Le redoutable agent mit deux de ses doigts dans sa bouche et poussa un sifflement aigu qui transperça la nuit. Puis il se dirigea vers la route et les véhicules, les autres agents le suivaient ou marchaient à ses côtés.

Whitney lança un regard contrit à Scully.

— Je ne vous en voudrais pas d'être furax !

— C'est bon.

— Mais c'est vrai. Je suis désolée de vous avoir fait venir.

Ayant dit cela, Whitney rejoignit les autres agents d'un pas lourd.

Scully se retrouva seule avec Mulder et le père Joe. Elle s'apprêtait à dire à Mulder qu'eux aussi devraient partir, mais l'attention de son compagnon était rivée sur l'ancien prêtre dont le regard était perdu dans le vide.

— Que voyez-vous ? lui demanda doucement Mulder.

Scully poussa un grognement intérieur.

Le père Joe secoua la tête. Puis ferma les yeux.

Vraiment, pensa-t-elle, *c'est la pire démonstration de spiritisme que j'aie pu voir de toute mon existence…*

— Je vois un visage, déclara l'ancien prêtre, les yeux toujours clos. Je vois des… yeux. Qui sont fixés sur moi.

Une légère excitation s'insinua dans la voix de Mulder.

— Qui ? Qui est-ce ?

Crissman secoua la tête, les yeux toujours fermés.

— Ce n'est pas… clair. C'est comme si je regardais à travers… une vitre sale.

Bouche bée, Scully regarda Mulder. Il ne pouvait tout de même pas le *croire* ?

— C'est quelque part par là, déclara le prêtre. (Il bougea la tête comme si cela devait l'aider à éclaircir sa vision, mais à moins d'être capable de voir à travers ses paupières, il ne devait rien voir.) Je le *sais*.

Puis le prêtre ouvrit subitement les yeux.

Scully faillit sursauter.

C'est minable comme truc, pensa-t-elle.

Le père Joe se mit à avancer, comme un chien qui renifle une piste. Sa veste de tweed et son pantalon sergé ne suffisaient pas à le protéger du froid, il chancelait mais avançait cependant avec détermination, apparemment en direction d'un affleurement rocheux distant.

Mulder l'observa qui s'éloignait, puis marmonna :

— Qu'est-ce qu'il voulait dire par… « comme si c'était une vitre sale » ?

Puis il suivit le prêtre.

Scully tenta de ne pas rester à la traîne.

— Mulder… *Mulder !*

— Quoi ? lui lança-t-il sans la regarder, comme hébété.

— Arrête-toi ! *Arrête-toi !*

Mais il n'en fit rien. Il continua simplement à avancer à pas lourds dans la neige pour rattraper le prêtre.

Scully, toujours sur ses talons, lui dit :

— Bon Dieu ! Mulder... il est une heure du matin.

— N'hésite pas à abandonner comme tous les autres.

— Ce n'est plus mon travail, Mulder...

Il la regarda par-dessus son épaule.

— Non. C'est le mien. Et *tu* es mon agent de liaison.

Elle finit par le rattraper, posa sa main gantée sur la manche de son manteau et l'arrêta. Il se tourna vers elle, le visage inexpressif. Comme elle aimait son visage d'ange. Et comme il pouvait la mettre en rage...

— Tu as raison, lui avoua-t-elle avec sincérité, le regard suppliant. C'est *ma* faute.

— Qu'est-ce que tu veux dire par là... ? demanda-t-il en souriant d'un air narquois.

Elle fit un geste de sa main gantée.

— T'avoir impliqué dans cette affaire. J'ai cru que ça te ferait du bien... de sortir de ton bureau et de retourner dans le monde.

Il opina à peine du chef.

— C'était effectivement la bonne chose à faire.

— Oui. Oui. (Elle secoua la tête et le regarda avec tendresse.) Mais pas la bonne chose pour toi.

Il plissa légèrement les yeux en la dévisageant. Il ne comprenait pas ce qu'elle voulait dire alors qu'il le souhaitait vraiment. Mais elle ne parvenait pas à trouver les mots justes pour le lui expliquer.

— Tu penses que le père Joe est un imposteur. Tu le méprises pour ce qu'il est, ou du moins pour ce qu'il était. Je te comprends. Mais Scully... je *crois* cet homme, lui dit Mulder.

— Tu veux le croire, Mulder, lui répondit-elle aussi gentiment que possible.

Il libéra son bras et s'éloigna.

Le désespoir grandissant en elle, Scully lui dit :

— Il ne s'agit pas de retrouver un agent du FBI disparu, Mulder. C'est la *même* histoire qui se répète depuis le début : tu tentes de sauver ta sœur.

Il la regarda encore d'un air inexpressif.

— Ma sœur est morte.

— Oui, je le sais. Mais cela ne t'a jamais empêché de la rechercher.

Mulder se détourna d'elle et ses yeux se posèrent sur le père Joe, devant eux.

Scully laissa une vague d'émotions l'envahir.

— Ça fait trop longtemps que tu me fais vivre ça. Toi qui crois que tu peux la sauver. Tu *ne peux pas* la sauver, Mulder... Ni maintenant ni jamais.

Bien évidemment, elle avait réussi à attirer son attention, mais elle vit le ressentiment dans ses yeux.

— Je suis sérieuse, Mulder. (Sa voix parut prendre un ton définitif.) Je ne revivrai pas ça. Je ne te regarderai pas de nouveau te punir pour quelque chose que tu ne peux pas réparer et que tu ne peux pas changer.

Il la regarda avec le genre de mépris réservé uniquement aux gens que l'on aime. Elle lui avait parlé avec une sorte d'irrévocabilité et ils surent tous les deux que sa réponse allait importer – et que ses paroles ne pourraient pas être oubliées.

Jamais.

— Alors ne le fais pas, lui dit-il.

Mulder se détourna de Scully et reporta son attention sur les agents du FBI, Whitney, Drummy et les autres, qui se trouvaient à mi-chemin de leurs véhicules. Il siffla aussi fort que Drummy quelques minutes plus tôt, et tous leurs visages se tournèrent vers le couple.

— ATTENDEZ ! J'AI BESOIN DE VOUS ICI ! leur cria Mulder.

Les agents, épuisés, trop heureux de pouvoir enfin rentrer chez eux, regardèrent Mulder avec incrédulité. Puis tous se tournèrent vers la personne chargée de l'enquête : Whitney. C'était à elle de décider.

Mulder n'attendit pas leur réponse. Il se remit à avancer à grands pas vers le père Joe.

— Qu'est-ce que tu fais ? lui demanda Scully, derrière lui.

— J'essaie de t'ignorer.

— Parce que j'ai raison.

Il roula des yeux.

— Tu peux parler d'obsession.

Irrévocabilité ou pas, paroles dures ou non, ils formaient toujours un couple et se chamaillaient de la seule façon que deux personnes qui étaient ensemble depuis toujours pouvaient le faire.

Ils rattrapèrent rapidement le père Joe. Ce qui leur avait semblé être de loin un affleurement rocheux apparaissait de près comme une paroi abrupte recouverte d'une cascade gelée bleue, un magnifique spectacle au milieu de ce paysage d'hiver austère.

Les mains tendues, le père Joe avança lentement vers le pied de la cascade de glace et s'arrêta brusquement.

Puis il se tourna vers Mulder et Scully qui le rejoignaient péniblement.

— Voilà, annonça le prêtre. C'est là… c'est *là*…

Le père Joe tomba à genoux comme pour supplier ou peut-être prier. Mais il se mit finalement à creuser la neige.

Mulder s'avança à côté du prêtre agenouillé et l'imita, tombant au sol et commençant lui aussi à creuser la blanche poudreuse avec frénésie.

Et Scully resta plantée là à les observer, à se demander s'ils n'étaient pas devenus fous tous les deux, si l'ancien prêtre jouait une sorte de comédie bidon à laquelle Mulder se laissait prendre, lui qui après toutes ces années aurait dû faire preuve d'un peu plus de bon sens. Il était là, à genoux, prêt à croire n'importe quoi…

Elle entendit l'équipe du FBI qui revenait vers eux. Le bruit de leurs pas se mêla à celui de leurs grognements. L'agent spécial adjoint Whitney guidait ses agents vers leur médium et vers la légende des affaires non classées qui agissait en tant qu'expert.

Les deux hommes continuaient à creuser la neige de leurs mains gantées au pied de la cascade de glace, avec une ferveur qui jusqu'ici n'était pas justifiée au vu du résultat. Pourtant, l'équipe de recherche du FBI se massa autour d'eux et observa cet étrange – et peut-être également pitoyable – spectacle.

Mulder regarda par-dessus son épaule.

— Vous pouvez vous joindre à nous, leur dit-il. Et il nous faudrait des pelles.

Puis il se releva et entraîna le père Joe avec lui. L'ancien prêtre semblait hébété. Mulder l'éloigna et fit un signe aux agents pour qu'ils les remplacent. En se tournant vers Whitney pour s'en remettre à elle, les agents avaient l'air d'enfants qui espéraient que leur maîtresse n'insisterait pas pour faire une interrogation surprise. Mais elle ne fit preuve d'aucune clémence.

On apporta des pelles, et les agents se mirent assez rapidement au travail pour dégager la neige au pied de la cascade gelée. Et ils firent la même découverte que Mulder et Crissman : rien. Ils finirent par racler la glace sans pouvoir creuser davantage.

Pelle en main, Drummy s'approcha de Whitney.

— C'est de la glace dure, lui dit-il.

— Non, déclara Mulder.

Tous les regards se tournèrent vers lui. Y compris celui de Scully.

— C'est une vitre sale, poursuivit-il.

Mulder emprunta une lampe torche à Drummy et avança au milieu des agents fouisseurs qui abandonnaient. Mais Mulder n'abandonnait pas, il avait même recouvré une belle énergie, et il dirigea le faisceau de sa lampe vers le sol gelé. Le rai de lumière fouilla la glace. Les yeux de Mulder également.

— *Là !* finit-il par crier.

L'espace d'un instant, tout le monde se figea comme si l'hiver avait finalement eu raison d'eux. Puis le groupe tout entier se dégela et se rassembla autour de

Mulder qui pointait sa lampe torche sur l'endroit où la neige avait été dégagée.

Ils la virent tous. Scully la vit. Et c'était horrible.

La tête d'une femme, une tête coupée, était enchâssée dans la glace. Ses yeux étaient grands ouverts et fixés sur eux.

Scully savait que le cadavre de la femme les regardait comme ils la voyaient tous : *comme à travers une vitre sale…*

— C'est elle ? C'est l'agent Bannan ? demanda Scully à Drummy.

Drummy fronça les sourcils.

— Peut-être. Mais je n'en suis pas sûr. C'est impossible à dire…

L'épaisseur de la glace déformait assurément le visage de la victime.

Cependant, Mulder avait trouvé quelque chose. Le médium les avait finalement menés vers quelque chose. Ce n'était pourtant pas un triomphe, ou du moins Scully savait que Mulder ne le considérerait pas comme tel. Elle le comprit en remarquant sa position, et son expression d'abattement.

— Vous allez avoir besoin d'aide, dit Mulder à Whitney d'un air sinistre.

Le découragement qu'on entendait dans la voix de Mulder était également perceptible dans l'expression de Whitney. Ce n'était peut-être pas Monica Bannan. Mais ça pouvait tout aussi bien être elle. En fait, c'était probablement elle d'après Scully…

Malgré son abattement, Whitney passa aussitôt à l'action et se mit à hurler :

— On a besoin de matériel ici ! Des scies à béton et un bulldozer... Il me faut également un expert médico-légal...

Les agents se hâtèrent de rejoindre précipitamment la route et les véhicules qui les attendaient. Au milieu de toute cette activité, Mulder resta immobile. Scully voulait le réconforter, mais après les paroles qu'ils avaient échangées, elle n'était pas persuadée de savoir comment faire face à la situation.

Lorsqu'il repartit vers la route et la voiture de Scully, elle ne le suivit pas. Elle devinait qu'il voulait rester seul.

Elle sursauta, car elle venait de se rendre compte que le père Joe se tenait à ses côtés.

Il la regardait sans ciller.

Elle ne dit rien ; sa lèvre supérieure retroussée exprimait son malaise profond et bien réel. Elle frissonna subitement, un frisson qui n'avait aucun lien avec le froid, et ce violeur de jeunes garçons s'adressa à elle comme si ses paroles venaient d'un endroit lointain.

— N'abandonnez pas, lui dit-il.

Il continua à la regarder et elle sut que cela, au moins, n'était pas de la comédie. Aucune affectation ne venait ternir l'intérêt qui brillait dans ce regard imperturbable et visiblement désintéressé.

Elle ne répondit rien.

Véritablement choquée, elle tourna les talons et se mit à avancer à grands pas, puis à courir, pour rejoindre Mulder.

Elle regarda par deux fois le prêtre.

Il se tenait là avec le ciel pour toile de fond, aussi immobile que la femme de Loth [1].

Le regard fixe.

Et braqué sur elle.

---

1. Elle fut transformée en statue de sel pour avoir désobéi à Dieu en se retournant sur la destruction de Sodome. (*NdT*)

7

La campagne virginienne
11 janvier

Dans ce *no man's land* d'après minuit et d'avant l'aube, la petite route de campagne qui traversait ce véritable désert de neige, réduite par les conditions météo à une simple voie, pouvait se révéler bien longue et solitaire. De nombreuses minutes, une heure même, pouvaient défiler sans qu'aucun véhicule se risque à l'emprunter. Il était près de 2 heures du matin lorsqu'un vieux pick-up équipé de gros pneus et d'une lame en acier montée à l'avant approcha en grondant. Il ressemblait à un animal à la peau trop dure pour se soucier d'une chose aussi mineure que des conditions météo peu clémentes.

Ce véhicule, qui avait percuté une petite voiture quelques heures plus tôt – cette dernière avait fini sur le bas-côté dans la neige –, était en train de monter une côte. Le conducteur s'arrêta en plein milieu de la route, il n'y avait pas vraiment d'endroit où stationner sur le bas-côté, et il sortit de son véhicule. Il avait chaud dans son manteau de toile doublé en duvet, son jean et ses grosses bottes. Ses cheveux étaient longs, bruns et gras, ses traits anguleux. Cet homme à l'apparence sévère et particulière avait inspiré la même pensée à deux femmes, à deux moments différents : il ressemblait à Raspoutine.

Son nom n'était bien évidemment pas Raspoutine même s'il était effectivement d'origine russe. Il se dirigea à l'arrière du véhicule pour débarquer un gros sac d'ordures en plastique sans être affecté par le froid. Plus tôt dans la soirée, il avait enveloppé une jeune femme dans une bâche noire… et ce nouveau chargement était aussi lourd, mais différent. Car à première vue, le gros sac semblait contenir des formes troublantes, comme si l'individu avait passé son après-midi à ramasser des débris sur un champ de bataille.

Tandis qu'il traînait le sac encombrant, ses mains, malgré le froid, étaient nues et bizarrement boursouflées, l'une d'elles ornée d'une entaille récente. Il réussit à tirer son fardeau le long de la pente sans le moindre effort, d'un pas traînant mais régulier. Pourtant, lorsqu'il franchit la crête de la petite colline, il recula brusquement.

En contrebas se trouvait une équipe de recherche dont la plupart des membres étaient vêtus de vestes noires ornées des lettres « FBI » en jaune vif. Le groupe qui lui tournait le dos était composé des anciens agents Fox Mulder et Dana Scully : bien sûr, l'homme ne le savait pas et même s'il l'avait su, leur importance lui aurait échappé. Il réagit d'une manière un peu puérile à cette présence officielle : il jura en russe, donna un coup de pied dans une congère et cracha un mollard dans la neige afin d'exprimer son mécontentement.

Si l'équipe du FBI avait découvert le Russe, l'affaire aurait été vite résolue. Mais ce ne fut pas le cas. Personne ne vit l'imposante silhouette menaçante dont le visage osseux et le regard vide exprimaient une horrible malveillance.

Le Russe lança un nouveau juron, tourna les talons et repartit vers son véhicule en traînant le gros sac plastique derrière lui, comme un père Noël des plus macabres. Personne ne le vit repartir. Aucun autre véhicule ne s'était engagé sur cette route enneigée. Il était seul dans ce décor désolé et baigné d'un clair de lune bleuté.

Et lorsqu'il remit en route son pick-up dans l'obscurité, personne ne l'entendit – à l'exception peut-être de l'équipe du FBI en contrebas de la colline qui repéra un bruit distant et fugitif lui révélant que la vie reprenait son cours même après une tempête. Mais ce n'était pas vraiment le cas ici, car la mort imprégnait ce bruit.

Peu de temps après, le chasse-neige approcha d'un grillage qui encadrait une enceinte à l'architecture étrange, car elle était formée de quatre mobil-homes usagés, rangés côte à côte, et d'une structure en contreplaqué de fortune ajoutée après coup – comme si le tout avait été assemblé par les survivants d'une guerre nucléaire. Excités par l'arrivée du véhicule, des chiens se mirent à aboyer à l'intérieur. Le Russe bondit hors de la cabine de son véhicule, déverrouilla et ouvrit rapidement une grille métallique. Le ronflement félin du moteur rendait les chiens fous de rage. Quelque part à l'intérieur de cette enceinte,

Cheryl Cunningham essayait toujours de définir les frontières de son nouveau monde limité et terrifiant. Lorsqu'elle s'était réveillée, elle ne se souvenait pas précisément du moment où elle avait perdu connaissance. La première chose qu'elle avait découverte était que ses vêtements lui avaient été retirés pour être remplacés par une blouse blanche – probablement une blouse médicale. Ses ravisseurs ne lui avaient laissé que ses chaussettes.

Cheryl se trouvait dans une sorte de boîte ou de caisse en bois qui n'était pas minuscule, mais pas suffisamment grande non plus pour qu'elle puisse se lever. Le bois lui-même paraissait neuf, des planches de contreplaqué reliées les unes aux autres pour former une cellule compacte, et quelques trous avaient été percés pour laisser entrer la lumière et l'air, exactement comme elle avait pu le faire, enfant, avec un tournevis pour trouer les feuilles d'aluminium qui recouvraient les bocaux dans lesquels elle avait enfermé des lucioles.

Les cheveux emmêlés, les oreilles emplies du vacarme des chiens qui aboyaient constamment, elle était assise sur le côté, appuyée face à un de ces trous, et tentait de comprendre où elle se trouvait. Les yeux écarquillés de peur, elle haletait bruyamment. Ne voyant rien d'autre qui puisse l'informer sur le mystère de son enlèvement, elle s'avança vers un autre trou à travers lequel elle aperçut d'autres cages. Ces dernières n'étaient pas en bois comme la sienne : il s'agissait de boîtes rectangulaires de métal rouillé dotées de barreaux en guise de murs. Elle comprit d'où provenaient les aboiements, car ces cages abritaient des chiens excités qui mordaient dans le vide, les yeux fous, la bave aux babines.

Des pitbulls.

Elle se traîna sur le sol vers un autre trou. Un mur de plastique, comme ceux utilisés dans les chambres froides, séparait ce chenil d'une salle éclairée au-delà. À travers le rideau de plastique, des formes indistinctes se déplaçaient et se mêlaient à d'autres ombres elles aussi en mouvement.

— Laissez-moi sortir de là ! cria-t-elle. (Elle avait déjà la voix enrouée à force de crier.) S'il vous plaît ! Laissez-moi sortir !

Mais les silhouettes floues qui évoluaient derrière le voile de plastique n'eurent aucune réaction, comme si elles ne l'avaient pas entendue.

— J'ai froid… Je vous en prie…

Un individu franchit le rideau de plastique. Elle vit tout d'abord uniquement les vêtements de cette personne : une blouse et un bonnet blancs de chirurgien, un pantalon gris et des chaussures noires. Puis l'individu, un grand homme maigre, s'approcha, et Cheryl vit son visage émacié et bien rasé aux pommettes saillantes, ses yeux bien écartés, son nez recourbé et son menton pointu. Il était âgé, dans la soixantaine, mais son expression n'était pas cruelle.

Pour la première fois, elle entrevit une lueur d'espoir au milieu de cette situation étrange et désespérée.

Un homme plus jeune, lui aussi vêtu d'une blouse et d'un bonnet d'hôpital, se glissa à travers le mur de plastique et rejoignit le médecin émacié. Ils échangèrent des propos dans une langue que Cheryl ne connaissait pas, mais qu'elle identifia comme étant probablement du russe. Ils lui jetèrent des coups d'œil rapides, la montrèrent du doigt.

Mais lorsqu'elle tenta d'attirer l'attention de ces deux soi-disant médecins qui parlaient d'elle, ce fut comme si elle était invisible.

— S'IL VOUS PLAÎT ! Laissez-*moi* sortir d'ici !

Aucune réaction.

Une femme, vêtue elle aussi d'une blouse et d'un bonnet d'hôpital, finit par franchir le rideau de plastique : elle portait une couverture. Le médecin aux traits hâves lui prit cette dernière des mains en lui adressant un signe de tête et un léger sourire, puis il s'agenouilla comme pour parler à une enfant ou à un des chiens en cage – dont certains s'étaient calmés.

Il s'adressa à elle sur un ton plein de douceur et même réconfortant… mais son russe était du charabia à ses oreilles.

— Aidez-moi, s'il vous plaît, lui dit-elle. (Elle fixa son propre regard sur les yeux bienveillants de l'homme et ne se détourna pas.) Je ne veux pas mourir !

Il lui répondit de sa voix douce mais incompréhensible et fit glisser la couverture dans un trou au-dessus de sa tête, un trou plus gros que ceux à travers lesquels elle les avait espionnés, un trou probablement destiné à faire passer de la nourriture.

— S'il vous plaît…

Le médecin émacié lui dit quelque chose d'autre, essayant manifestement de se montrer rassurant, toujours dans cette langue qui devait être du russe. Puis il lui adressa un gentil sourire de médecin de campagne, se releva, tourna les talons et se dirigea vers le rideau en plastique. Il disparut dans la lumière vive au-delà et devint une ombre de plus.

L'homme et la femme vêtus de leurs blouses d'hôpital restèrent à côté de la cage de Cheryl et s'approchèrent. Elle entendit l'homme qui déverrouillait quelque chose. La femme l'assista.

Allaient-ils la laisser sortir ?

— Je ne dirai rien à personne, lança Cheryl en balbutiant à moitié. Laissez-moi simplement partir… personne n'en saura jamais rien…

Ce n'était pas la cage qu'ils venaient de déverrouiller, mais un mécanisme permettant de la faire rouler la cage, et ils l'éloignèrent du chenil où tous les chiens étaient désormais presque calmes. Sa surprise passée, Cheryl profita de ce petit voyage inattendu pour découvrir davantage son environnement et plaqua son œil à un des petits trous, comme une enfant observant un match de base-ball à travers une clôture.

Elle continua cependant ses suppliques :

— Ne faites pas ça. Je vous en prie. Laissez-moi partir et je ne vous causerai aucun ennui… Je le *jure*…

Ils poussèrent sa cage au-delà du rideau en plastique, et elle aperçut du matériel de laboratoire, des jauges et des cadrans de mesure… *Que… ?*

La cage s'arrêta.

La femme – était-elle aussi médecin ou simplement infirmière ? – fit tourner la cage de Cheryl pour la mettre en position. Même si les chiens avaient cessé leurs aboiements, les hommes les imitaient presque à cet endroit, car une certaine agitation y régnait et une dispute faisait rage dans cette même langue étrangère.

Cheryl s'avança vers un autre trou et ne fut pas surprise de découvrir le sale type aux fins cheveux gras qui l'avait enlevée. Visiblement énervé par le vieil homme au visage hâve, il hurlait après lui. Son ravisseur le plus affable se contentait de rester immobile et endurait avec placidité les réprimandes agacées de « Raspoutine ».

La jeune femme se rapprocha d'un autre trou circulaire pour profiter d'un meilleur angle de vue et découvrit quelque chose qui lui coupa le souffle un bref instant : un homme se tenait juste à côté d'elle !

C'était peut-être un autre prisonnier, ou un patient, car il était couché sur un lit à roulettes, un drap recouvrait son corps, seule sa tête était visible. Cheryl n'avait jamais vu cet homme auparavant. Mais l'autre jeune femme qui avait été kidnappée, Monica Bannan, l'aurait reconnu, car ce « patient » portait sur la joue droite l'entaille qu'elle lui avait infligée avec sa bêche.

Aux yeux de Cheryl, il représentait cependant un allié potentiel. En dépit de sa nature rude, son visage était adouci par des yeux clairs, presque féminins.

Il tourna la tête et la regarda.

— S'il vous plaît… faites-moi sortir… et je *vous* aiderai…, lui murmura-t-elle.

Il cligna de ses paupières ourlées de longs cils, essayant visiblement de fixer ses yeux sur Cheryl ; et il bougea également les lèvres. Mais aucune parole n'en sortit.

— Quittez ce truc à roulettes, lui dit-elle à voix basse. Vous devez vous lever et m'aider…

La dispute entre les deux hommes se poursuivait dans le fond, en russe – Cheryl en était désormais convaincue. Le vieux médecin finit par répondre au « Raspoutine » belliqueux d'une voix sévère et raisonnable.

— S'il vous plaît, souffla Cheryl à l'homme étendu sur le lit à roulettes. Son regard était aussi suppliant que sa voix.

Il tenta de se redresser, ou du moins c'est ce que Cheryl crut. Et il réessaya de parler, mais il semblait incapable de prononcer le moindre mot, et cela malgré ses efforts visibles. Elle perçut de la détresse dans ses jolis yeux. De la douleur. Manifestement, il était lui aussi une victime.

Ce qui signifiait qu'il ne lui serait d'aucun secours.

Elle sentit des larmes monter, mais l'homme la devança.

Le visage au-dessus du drap blanc se contracta sous l'effet de la tristesse, et l'homme se mit à pleurer. Des larmes roulèrent sur ses joues et tombèrent sur le drap immaculé pour le tacher de rouge.

Le patient pleurait des larmes de sang.

Et Cheryl Cunningham, une prisonnière qui ne savait toujours pas ce qui lui arrivait, découvrit qu'après tout ce qu'elle venait de vivre – Raspoutine, son combat, les chiens, la cage, les toubibs mystérieux – elle possédait la capacité de ressentir une terreur encore plus profonde.

Hôpital Notre-Dame-des-Peines
Richmond, Virginie
11 janvier

Des blouses blanches, mélangées aux costumes et aux cravates du personnel administratif de l'hôpital, étaient assises autour de la table de la salle de conférences. L'atmosphère était professionnelle. Une discussion concernant un dossier en cours pouvait très bien y avoir lieu, comme par exemple rénover la cafétéria, allonger le créneau horaire des visites ou réfléchir à quelle œuvre d'intérêt public faire une nouvelle donation.

Mais Dana Scully, qui terminait d'enfiler sa blouse par-dessus son chemisier et son pull gris, comprit rapidement que la discussion était d'une nature complètement différente en entendant la fin de la phrase du principal interlocuteur, le père Ybarra.

— ... donc décidé en toute conscience et sans la moindre objection que ce patient serait bien mieux traité dans un endroit plus adapté à sa condition.

La jeune femme prit un instant pour mettre de l'ordre dans ses idées. Elle chercha une place des yeux et s'excusa pour son retard.

Le visage sombre et squelettique d'Ybarra trahit un soupçon d'impatience qui ne lui ressemblait guère tandis que Scully prenait place.

— Comme nous en avions discuté tous les deux, docteur Scully, j'ai informé l'équipe et les médecins de la décision de l'hôpital au sujet de Christian Fearon.

Scully plissa les yeux comme pour tenter de les fixer sur lui.

— Quelle décision ?

L'impatience d'Ybarra se mua en mauvaise humeur.

— Celle de transférer votre patient dans un établissement de soins palliatifs…

Scully tenta de sourire, son incrédulité face au comportement présomptueux du prêtre ne passa pas inaperçue… y compris aux yeux d'Ybarra lui-même.

— C'était une discussion, mon père. *Pas* une décision.

Le prêtre haussa les épaules puis fit un geste en direction des hommes et des femmes autour de lui.

— Eh bien, nous en avons longuement discuté *ici*, et vos collègues n'ont émis aucune objection.

— Alors c'est parfait, rétorqua Scully. Mais *moi* j'ai une objection à formuler.

Ybarra ferma les yeux. Puis les rouvrit.

— Docteur Scully, vous avez un patient atteint d'une maladie que l'on ne peut pas soigner, lui dit Ybarra. Vous avez demandé une consultation externe et nous vous l'avons fournie… et l'opinion de cet expert reflète la nôtre. C'est une situation des plus tristes et des plus regrettables : tout le monde en convient.

— Mais c'est mon patient.

Le visage solennel d'Ybarra se renfrogna.

— À moins que vous soyez venue ici aujourd'hui avec un traitement pour guérir la maladie de Sandhoff, nous vous prions tous de laisser ce garçon partir en paix.

Scully sentit ses joues s'empourprer. Elle ne pouvait faire aucune objection raisonnable. Les preuves empiriques et logiques étaient contre elle.

Ybarra sourit à peine. Il lui fit un signe de tête.

— Merci, docteur Scully. Je voulais régler ça afin de passer rapidement à l'ordre du jour. Pour terminer, nous devons discuter d'un patient en soins intensifs. Je crois que c'est le patient du docteur Willar…

Ybarra mena la discussion à ce sujet et Scully resta prostrée sur son siège, la colère la rendait muette et elle entendait à peine ce qui se disait.

— Il existe un traitement, finit par dire Scully.

Cette dernière venait d'interrompre l'administrateur en chef de l'hôpital au milieu d'une phrase et Ybarra se tourna vers elle, abasourdi par son impolitesse et sidéré par son affirmation. Les visages des autres individus autour de la table semblaient approuver l'opinion du prêtre.

— Docteur Scully, déclara Ybarra d'une voix douce mais néanmoins sévère, cette affaire est classée.

— Avec tout le respect que je vous dois, mon père, elle ne l'est pas. Cette maladie peut être soignée avec une thérapie de cellules souches intercostale.

Un médecin assis en face de Scully, une collègue qui l'avait toujours soutenue par le passé, lui adressa un regard accusateur.

— Ne fais pas vivre un enfer à ce garçon, Dana…

— Anna, le ferais-tu si c'était ton propre fils ?

La femme blonde ne répondit pas.

— Le fait est que ce n'est pas son fils, déclara Ybarra. Et ce n'est pas non plus le vôtre, docteur Scully. C'est juste un patient…

Le prêtre dut comprendre que cela avait dû lui échapper et parut vouloir se corriger, mais Scully le devança :

— C'est ce que vous pensez, mon père ? « C'est juste un patient » ? J'espère vraiment que non.

— Docteur…

— C'est une décision qui ne concerne pas l'administration de l'hôpital. Elle concerne son médecin. Vous le savez tous.

Elle se leva et tenta de dissimuler deux choses : sa colère et sa peur. Elle réussit à afficher une expression purement professionnelle et ajouta :

— Si vous souhaitez vous y opposer, je vous suggère de présenter cette affaire devant une autorité supérieure. *Dieu par exemple*, pensa-t-elle.

Mais Ybarra avait eu la même pensée et lui fit marquer une pause à la sortie lorsqu'il lui répondit :

— J'ai effectivement présenté cette affaire devant l'autorité suprême à laquelle vous faites allusion, docteur Scully. Et vous devriez faire de même.

Elle lui répondit en tournant les talons et en sortant de la pièce. Dans le couloir, elle se sentit cependant ébranlée par les paroles du prêtre.

Ce qui ne diminua en rien sa détermination.

8

Washington, D.C.
Bâtiment J. Edgar Hoover
11 janvier

Le grand bloc de glace abritait différents morceaux de cadavre comme s'ils étaient prisonniers dans de l'ambre, leurs formes étaient bien distinctes malgré le voile brouillé. L'ensemble aurait pu constituer une œuvre d'art surréaliste et grotesque, peut-être une fantaisie de Salvador Dali influencée par la touche de Jérôme Bosch.

Pourtant cette sculpture étrange n'était pas suspendue dans un musée d'art, mais dans un laboratoire de police scientifique du FBI. D'ailleurs, ce n'était nullement une sculpture même si elle représentait le travail combiné de l'homme et de la nature, dans leurs formes les plus crues. L'obélisque de glace avait été suspendu à des poutrelles au plafond grâce à un appareil de levage et était maintenu au-dessus du sol et d'une grosse évacuation par d'épaisses chaînes. Une équipe de techniciens s'affairait à retirer les différents morceaux, un travail macabre et méticuleux : une tête par-ci, un avant-bras par-là, puis un pied, un torse, une main, une cuisse…

Dans une autre partie de la pièce, d'autres techniciens, debout ou assis, étaient occupés à leur poste de travail, chacun d'eux traitait une pièce déjà libérée de la glace. Des échantillons de peau étaient prélevés et les mesures étaient enregistrées, le tout étiqueté de façon appropriée. Puis des prélèvements étaient faits et les échantillons étaient plongés dans du glycol bleu.

Au sein de ce monde peuplé de blouses blanches et de costumes du FBI impeccables, Fox Mulder – vêtu d'un pull et d'un jean – aurait très bien pu sortir tout droit d'un campus, car il avait l'apparence d'un vieil étudiant ou peut-être d'un jeune professeur. Malgré tout ce qu'il avait à étudier dans cet univers de science et de surréalisme, Mulder était prisonnier du XXIe siècle et des limbes téléphoniques, car il attendait que quelqu'un décroche son téléphone à l'autre bout de la ligne.

Il allait et venait dans un petit espace exigu et s'adressait au téléphone peu coopératif :

— Décroche… *décroche*…

Pendant qu'il attendait, Mulder sortit de sa poche une petite photo, aux couleurs du FBI, de Monica Bannan et l'examina comme si des indices lui échappaient encore. Mais le visage séduisant de l'agent ne lui révéla rien. Il fronça les sourcils. Ou alors… ?

Il réquisitionna une loupe sur un poste de travail voisin et regarda de nouveau la photo.

Qu'*avait*-elle au poignet ? Était-ce… un bracelet médical d'identification ?

Le téléphone continuait à sonner. Il basculerait de nouveau bientôt sur la messagerie vocale. Scully était à l'hôpital et travaillait peut-être… ou bien elle filtrait ses appels.

Était-elle *vraiment* en train de le snober ?

Hôpital Notre-Dame-des-Peines
Richmond, Virginie
11 janvier

Dana Scully, assise devant son ordinateur, saisit les mots « thérapie cellules souches » et lorsque d'innombrables réponses s'affichèrent, elle commença à noter celles qui lui semblaient relever d'un intérêt particulier. Son téléphone mobile, qu'elle avait déposé au hasard sur son bureau, sonnait, et elle fit de son mieux pour ne pas s'y intéresser, même si elle le lorgnait de temps à autre en sachant foutrement bien que c'était Mulder.

Elle avait une affaire à régler qui était, du moins à ses yeux, plus importante que celle d'un agent du FBI porté disparu et probablement mort à l'heure qu'il était. Cette tête coupée dans la glace serait bientôt identifiée comme appartenant à Monica Bannan et l'affaire reclassée en meurtre ; et l'intérêt de Mulder s'évanouirait tandis que le FBI renouvellerait le sien au sujet du père Joe d'une manière ayant peu de rapport avec le paranormal.

Elle pressa une touche, et son imprimante se mit bientôt à cracher des documents. Scully allait devoir assimiler un grand nombre de nouvelles informations concernant la maladie de Sandhoff – des opinions favorables et défavorables, des traitements couronnés de succès et d'autres (la plupart) qui s'étaient soldés par des échecs. Elle regarda d'un air coupable le téléphone qui continuait à sonner, mais reporta aussitôt son attention sur l'écran de son ordinateur. Du travail l'attendait.

Monica Bannan ne pouvait pas être sauvée.

Christian Fearon pouvait l'être.

Le téléphone cessa de sonner, mais plutôt qu'un réel soulagement, Scully ressentit de la honte, car elle savait que son partenaire était en train de lui parler à cet instant précis – ou du moins, il devait s'adresser à sa messagerie vocale.

Elle ne l'entendit pas lui dire :

— *Je t'ai laissé des tonnes de messages, mais... voilà ce que je veux te dire, Scully. C'est à propos de la tête dans la glace. Ce n'est pas celle de l'agent. Ce n'est pas Monica Bannan. Nous ne savons pas qui c'est, ou pourquoi elle se trouvait là, mais nous avons retiré onze membres humains distincts de la glace et nous sommes* loin *d'avoir fini...*

Scully jeta un coup d'œil au téléphone, à son travail, puis de nouveau au téléphone. Elle n'entendait pas le message de Mulder, mais le percevait cependant d'une autre façon. Elle entendait sa passion et sa douleur, et cela la heurta.

Mais elle avait un travail à faire. Tenter de sauver quelqu'un qui *pouvait* peut-être l'être...

Washington, D.C.
Bâtiment J. Edgar Hoover
11 janvier

Mulder faisait les cent pas tandis qu'il s'adressait à la messagerie vocale de Scully :

— Chaque membre tranché l'a été de façon bien nette, comme s'il avait été amputé... comme tu l'avais remarqué pour le bras. Mais ce que j'ai vraiment à te dire, Scully – ce que tu dois vraiment savoir... ils ont découvert d'autres traces de ce tranquillisant animal. De l'acépromazine.

Une silhouette vêtue d'un col roulé vert et d'un pantalon noir s'approcha : c'était l'agent spécial adjoint Dakota Whitney, ses cheveux bruns étaient coiffés en queue-de-cheval, ses yeux bleu clair suivaient Mulder tandis qu'il continuait à parler sans cesser d'aller et venir.

— Je dois admettre que je ne sais foutrement pas ce que cela signifie, déclara Mulder à la boîte vocale, mais j'espère que toi tu pourras y comprendre quelque chose.

Mulder lui dit au revoir et raccrocha. Il avait cru que l'agent Whitney venait pour lui, mais il la vit, les mains sur les hanches, en train d'examiner le bloc de glace et le travail des techniciens comme s'il s'agissait effectivement d'une œuvre d'art exposée dans un musée – dans le cadre, par exemple, d'une exposition de Grand Guignol.

Mulder approcha d'elle.

— Alors ? lui dit-elle.

Il secoua la tête.

— Je n'arrive pas à la joindre. Elle a un grave problème à traiter qui concerne un de ses patients. Mais elle nous recontactera pour nous aider.

— J'en suis certaine.

Mulder la regarda.

— Écoutez, tout ça va bientôt avoir un sens. Nous avançons. Je le *sens*.

Whitney écarquilla les yeux.

— Vous le sentez, le *père Joe* le sent... (Elle rit sans humour.) Et moi, qu'est-ce que je sens ? Ma tête qui tourne.

— Non, c'est un véritable progrès. (Mulder indiqua le bloc de glace menaçant et son horrible contenu.) Vous allez résoudre une bonne dizaine de meurtres. Vous venez de mettre la main sur un tueur en série important. Vous devriez vous sentir mieux désormais. Plus confiante.

Elle fronça les sourcils et secoua la tête.

— Mais nous ne savons toujours pas où se trouve notre agent.

Elle avait raison et Mulder le savait. Il s'était laissé entraîner par son enthousiasme. Cela pouvait lui arriver lorsque Scully n'était pas là pour le tempérer...

Mais il s'entendit cependant lui répondre :

— Nous allons la retrouver. Je le sais.

Whitney fronça les sourcils et eut un petit sourire affecté.

— Eh bien, il se peut que Monica doive se préparer à faire la queue.

— Pardon ?

— Je suis venue vous voir, Mulder. Je veux que vous entendiez la dernière vision du père Joe…

En l'espace de quelques minutes, ils se retrouvèrent dans la salle de conférences qui leur servait de centre d'opérations. Le père Joe était déjà assis à la grande table et l'équipe d'agents de Whitney l'entourait comme les disciples lors de la Cène.

Mulder ne se joignit pas aux disciples. Il resta debout à côté du prêtre, à tourner autour de lui, le visage empreint d'un scepticisme atypique.

Le père Joe leva les yeux vers l'ancien agent, l'air quelque peu penaud.

— Je vois le visage d'une femme… une *autre* femme.

» Qui n'est pas Monica Bannan.

» Elle est détenue. Dans une… une sorte de *caisse*, je crois. Une caisse en bois.

Les agents à la table ne regardaient pas le père Joe – après tout, ils avaient déjà entendu le prêtre leur décrire sa dernière vision. Leurs regards étaient braqués sur leur expert en matière psychique, sur Fox Mulder…

… qui dévisageait le prêtre dans un silence de mort.

— Où est-elle détenue ? finit par demander Mulder.

Le père Joe poussa un soupir et secoua la tête de frustration. Et autour de la table, les agents secouèrent également la tête dans un éventail différent de frustration.

Mulder ne fit pas attention à eux.

— Est-elle avec Monica Bannan ? insista-t-il.

Le père Joe ferma les yeux. Manifestement, il tentait d'avoir une autre vision. Toujours autour de la table, les agents – une nouvelle fois ses disciples – reportèrent leurs regards sur le prêtre.

Mais cela ne dura pas longtemps, car le père Joe, les paupières toujours closes, répondit uniquement :

— Je ne sais pas.

— Ce sont les mêmes hommes qui ont enlevé Monica ?

— Je *crois*... oui, les mêmes hommes.

Mulder se pencha vers lui.

— Pouvez-vous les *voir* ? (Il désigna les agents autour de la table.) Ou alors est-ce que vous êtes simplement en train de dire ce que veulent entendre ces gens ?

Le père Joe ne mordit pas à l'hameçon. Il resta assis, les yeux fermés, et parut contempler une vision... ou du moins chercher à en avoir une.

Puis il ouvrit les yeux et croisa le regard insistant de Mulder.

— Non, lui répondit-il simplement.

Mulder fronça les sourcils.

— Non quoi ? Ce n'est *pas* ça que vous voyez ? Vous êtes simplement en train de vous foutre de...

— Non, ce ne sont pas les mêmes hommes.

Mulder fit appel à son regard le plus glacial et en gratifia le prêtre avec une incroyable intensité, attendant de voir si ce dernier allait craquer.

Mais le père Joe demeura imperturbable.

Mulder se redressa. Il prit une profonde inspiration, soupira et annonça :

— J'ai besoin d'une voiture, tout de suite.

— Pour aller *où* ? lui demanda l'agent Drummy sur un ton presque renfrogné.

— Je ne le sais pas encore, répondit Mulder en haussant les épaules.

Drummy secoua la tête avec un mépris flagrant.

— Je ne *crois* pas à ces conneries…, dit-il d'un air méprisant.

Le sourire que Mulder adressa à l'agent Drummy fut à peine perceptible.

— C'est votre problème depuis le début.

La morgue de Drummy fit de nouveau place à une expression renfrognée, mais il ne répondit rien, le mécontentement miroitant sur lui comme la chaleur sur l'asphalte.

Mulder se détourna simplement de lui pour regarder Whitney.

— Et cette voiture ?

— Je peux vous en obtenir une, déclara Whitney. Par contre, ça serait sympa de savoir où elle… où *tout cela*… va nous mener…

— Pour vous répondre, dit Mulder, j'ai besoin de la liste des personnes portées disparues dans l'agglomération du grand Washington au cours des dernières quarante-huit à soixante-douze heures.

Les yeux bleu métallique de Whitney se posèrent sur lui comme lorsque Scully faisait un diagnostic.

Ce patient est-il devenu fou ? sembla se demander Whitney.

— C'est d'accord, finit-elle par répondre. C'est d'accord.

À la table, l'agent Drummy ferma les yeux, et Mulder comprit qu'il n'était sûrement pas en train d'essayer de convoquer une vision.

La campagne virginienne
11 janvier

Sous un ciel couvert, la longue file de Ford Expedition noires fut accueillie par des cruisers de la police stationnés au bord de la petite route, leurs gyrophares teintaient tour à tour le paysage blanc de bleu et de rouge.

L'agent spécial adjoint Whitney descendit du véhicule de tête, côté conducteur. L'agent spécial Drummy était assis à côté d'elle et Fox Mulder, leur consultant, se trouvait à l'arrière. D'autres agents du FBI, vêtus de vêtements d'hiver, sortirent des autres Expedition juste derrière. Tandis que Whitney et Drummy s'avançaient vers les Troopers[1], qui visiblement se trouvaient là depuis peu de temps, Mulder marcha d'un pas lourd derrière les agents sur un chemin nouvellement battu.

La petite Subaru était à peine visible sous la couche de neige fraîche et les State Troopers avaient à peine commencé à la dégager avec leurs pelles.

Pendant que les deux agents du FBI s'entretenaient avec les Troopers, Mulder s'approcha de la voiture enfouie. Il était conscient qu'il faisait encore plus froid que la veille et tout le monde soufflait des panaches de buée semblables à des gaz d'échappement. Le froid le gênait cependant à peine. Il était aussi concentré qu'un tireur d'élite sur sa cible.

---

1. Équivalents américains de nos CRS. (*NdT*)

Whitney se tourna vers Mulder en claquant des dents.

— Cheryl Cunningham, trente-quatre ans, lui dit-elle. Elle ne s'est pas présentée à son travail la nuit dernière. Ni chez elle d'ailleurs.

Avec une assurance qui fit reculer d'instinct les Troopers, Mulder s'approcha du côté conducteur du véhicule.

Drummy, les bras croisés, visiblement transi par le froid, ajouta :

— Aucune trace de sang sur les airbags. La vitre du côté passager était baissée. Les clés se trouvaient encore sur le contact.

Mulder inspecta l'intérieur de la voiture.

— Elle a eu un accident et a survécu grâce à sa ceinture de sécurité, déclara Drummy avec un haussement d'épaules. Elle a retiré cette dernière, est sortie de son véhicule, puis elle est partie.

Comme pour imiter la description des actions probables de Cheryl Cunningham, Mulder s'éloigna du véhicule. Il regarda autour de lui sans savoir précisément ce qu'il cherchait. Il était en train de recouper les différentes informations en sa possession et ne savait pas vraiment quel type de réponse il recherchait.

— Il faisait nuit, poursuivit Drummy d'une voix plus sonore comme pour tenter de sortir Mulder de sa transe apparente, et il neigeait horriblement. Elle a marché, s'est fatiguée, a coupé à travers la campagne, s'est assise... et s'est endormie. Dans ce satané froid. (Le grand Afro-Américain secoua la tête d'un air triste.) Ça arrive tout le temps.

Mulder lui lança un regard dérouté.

— C'est une sacrée sortie de route pour une voie aussi longue et droite, non ?

Toutes les personnes à portée de voix – Drummy, Whitney, les Troopers, les agents du FBI – examinèrent le lieu l'espace de quelques instants et suivirent réellement pour la première fois la trajectoire du véhicule.

Mulder lui adressa ce petit sourire plaisant qui exprimait tant d'ironie.

— Mais qui se soucie de mon opinion ?

Peu de temps après, appelé à descendre d'une des Expedition, le père Joe s'approcha en traînant les pieds, toujours vêtu de sa veste grise et de son pantalon gris, sa barbe et ses cheveux tout aussi gris, comme son attitude. Le prêtre paraissait tout aussi misérable que tous ces agents de la loi au milieu du froid.

Mulder fit signe au père Joe d'approcher. Il s'avança vers lui du côté conducteur de la voiture, désormais en partie dégagée.

— Prenez-la pour faire une balade, lui dit Mulder.

Tout le monde savait que le véhicule n'irait nulle part, mais le prêtre parut comprendre.

Il se pencha et Mulder lui tint la porte ouverte. Le prêtre s'installa au volant et repoussa l'airbag dégonflé.

Il était difficile, même impossible, de voir le père Joe de l'endroit où ils se tenaient tous. Mais tous les regards étaient pourtant braqués sur la Subaru, les agents de la loi enduraient le vent battant et les bourrasques de neige, les bras serrés autour du corps, et attendaient, attendaient et attendaient encore...

Drummy lorgna Mulder.

— Bordel, il s'est endormi là-dedans ou quoi ?

— Ils ont chacun leurs méthodes, répondit Mulder.

— Ouais, c'est ça.

Des mouvements... enfin.

Le père Joe extirpa son grand corps de derrière le volant.

Il secoua sa tête ébouriffée.

— Je suis désolé.

Le prêtre se tint immobile, tremblant, dans le silence de mort environnant. Il s'agita en écartant les bras.

— Je n'arrive pas à voir la moindre chose.

Le père Joe repartit en traînant les pieds sur la petite route, en direction de l'Expedition où le moteur tournait et où la chaleur l'attendait.

— Quelle surprise ! lança Drummy.

Mulder ne répondit rien. Il suivit le prêtre des yeux, puis revint à la voiture.

Whitney s'approcha de lui.

— Des idées, Mulder ? Un avis ? Des impressions ?

Elle semblait sincère, mais une légère pointe de sarcasme aurait pu être enfouie dans ses paroles, comme la Subaru dans la neige. Elle avait froid et était fatiguée – il ne pouvait pas le lui reprocher.

Mulder secoua la tête. Il baissa les yeux, impuissant, mais quelque chose dans le tas de neige à ses pieds attira son regard.

Whitney soupira longuement dans l'air froid et lança :

— Je crois que nous en avons fini avec le père Joe.

— *Presque* fini peut-être, la corrigea Mulder en s'agenouillant.

Il saisit de ses mains gantées un objet brillant que les pas du prêtre avaient fait apparaître dans la neige.

Toujours à genoux, Mulder leva les yeux vers Whitney en balançant devant lui ce qui ressemblait à un bijou.

— Mais *pas encore*, ajouta Mulder.

Whitney se pencha.

— *Qu'est-ce* que c'est ?

— C'est un bracelet médical d'identification, dit Mulder en se redressant. J'ai remarqué que Monica Bannan en portait un également.

Drummy s'approcha lui aussi.

— C'est pour quoi faire ?

Mulder se contenta de dévisager Drummy.

Il se réveille, lui, maintenant ? pensa Mulder.

Whitney lança un regard profondément méprisant à l'agent, puis lui dit :

— Fais quelque chose de constructif. Prends la radio.

— Je n'ai pas de radio, lui répondit-il.

Whitney ne dit rien.

— D'accord.

Puis Drummy s'éloigna en courant sur la route, dépassa le père Joe, et appela son équipe.

— Vous pensez à quelque chose, dit Whitney à Mulder.

Le signe de tête de Mulder fut à peine perceptible.

— Vous pensez à *quoi* ?

Il lui adressa son sourire enfantin ; elle l'avait mérité.

— Il faut ouvrir son coffre.

Le coffre de la voiture était encore enfoui sous la neige, mais les Troopers utilisèrent leurs pelles, et l'arrière de la Subaru fut bientôt dégagé. Mulder, en équilibre sur une congère, se pencha et ouvrit le coffre.

La première chose que lui et Whitney virent fut la trousse de survie achetée chez Home Depot [1].

Whitney lui adressa un sourire à moitié ironique.

— Ça ne va pas beaucoup l'aider.

Mulder extirpa un autre sac – un sac de sport – du coffre et l'ouvrit. Un maillot une-pièce Speedo, d'une belle couleur violette, était posé sur le dessus.

— Ça non plus, ajouta Mulder.

Il approcha le maillot de bain de son visage, et Whitney réagit comme si son acte était répréhensible. Puis Mulder lui expliqua sa découverte :

— Du chlore. Le maillot est raide gelé.

— C'est important ?

— Ça signifie qu'il était mouillé quand l'accident a eu lieu. (Mulder se tourna vers un Trooper.) Où se trouve l'école la plus proche ?

---

1. Équivalent américain des Brico Dépôt en France. (*NdT*)

Piscine natatorium de Somerset
Somerset, Virginie
11 janvier

Il semblait hautement improbable qu'une flottille d'Expedition noires et de cruisers de la police concentre son attention soudaine sur le vieux bâtiment en brique.

Mais si les agents dans leurs vestes aux couleurs du FBI et les State Troopers dans leurs tenues d'hiver eurent l'impression d'inquiéter le vieil homme derrière le guichet lorsqu'il les vit s'arrêter devant la vitre de la piscine, il ne laissa rien transparaître. Il était plutôt grand, son visage était en ovale doux, ses cheveux aussi blancs que la neige, et il portait des lunettes cerclées de métal qui, à l'instar de son costume brun clair, paraissaient immunisées à l'atmosphère chaude et humide de l'établissement.

Mulder, Whitney et Drummy furent les premiers à franchir les vieilles doubles portes, la jeune femme s'avançant à grands pas vers le guichet.

— Bonjour, nous pensons que vous pourriez peut-être nous aider…, lui dit-elle rapidement.

Derrière le vieux monsieur, la piscine couverte, sise dans son ancienne caverne faiblement éclairée, était occupée par une poignée de nageurs dont les « flocs », les brassées et les paroles étaient amplifiés. Des portes sur la droite et la gauche, marquées « HOMMES » et « FEMMES », menaient aux vestiaires.

Le vieux monsieur leur adressa un sourire machinal mais pourtant sincère.

— Vous voulez tous des casiers ? demanda-t-il d'une voix traînante.

— Non, répondit Whitney plus lentement. Nous sommes du FBI. Nous aimerions vous montrer une photo, monsieur, si cela ne vous dérange pas.

Il parut sur le point de s'offusquer.

— Et pourquoi cela me dérangerait, jeune femme ?

Whitney ne put rien lui répondre et Drummy sortit une photo de Monica Bannan pour la lui montrer.

— Connaissez-vous cette personne ? demanda l'agent spécial.

— Laissez-moi voir ça. (Le vieil homme ajusta ses lunettes et regarda fixement la photo. Puis il secoua la tête.) J'ai bien peur que ces jeunes gens se ressemblent *tellement*...

— Est-ce que vous conservez un registre ? demanda Whitney.

— Bien sûr, répondit-il en accentuant chacune de ses syllabes. Que croyez-vous que je tienne comme établissement, ici ? Je fais signer chaque jour une feuille de présence.

— Serait-il possible de voir ça ?

Il y réfléchit. Puis :

— Eh bien, je ne vois aucune raison de vous en empêcher. Vous êtes la loi. Pas besoin de mandat ou d'autres formalités de la sorte.

Whitney sourit, soulagée.

— C'est parfait.

Le vieux monsieur poussa un porte-bloc vers eux.

— Je vous en prie.

— C'est que, déclara Whitney en fronçant les sourcils, j'aimerais voir la feuille concernant la journée d'*hier*...

— Ah ! En fait, j'ai déjà jeté celle d'hier.

Mulder n'avait ni le temps ni la patience pour cette discussion, car il savait où ça les mènerait – nulle part – et aucun mandat, ou formalité de la sorte, n'étant nécessaire, il se dirigea sans attendre vers la porte du vestiaire des femmes.

— Excusez-moi, monsieur ! lança le vieil homme. *Monsieur*...

Mulder était déjà en train de pousser la porte, mais il l'entendit cependant déclarer :

— Ne sait-il pas que cet endroit-là est réservé aux *femmes* ?

Comme le reste de l'établissement, le vestiaire était une relique dans un bel état de délabrement. Il s'arrêta à l'entrée, il savait que le vieil employé avait raison, et lança :

— Il y a quelqu'un ? Bonjour... y a *quelqu'un*... ?

Aucune réponse.

Mulder poursuivit son chemin et commença son examen en vérifiant les noms sur les casiers. La plupart des étiquettes étaient vieilles – délavées et abîmées par l'eau. Elles avaient très bien pu être collées au milieu du siècle dernier. C'était peut-être jadis un club privé, avec des casiers réservés, qui était devenu un établissement public, et les étiquettes et leurs noms n'avaient jamais été retirés.

Mulder poursuivit cependant sa recherche de casier en casier. Il se dirigea vers une nouvelle rangée et bien que le froid de l'extérieur ait été remplacé par une chaleur moite, il se figea.

Une femme, au moins aussi âgée que le vieux monsieur au guichet, était assise sur un banc en maillot de bain et s'apprêtait visiblement à le retirer. Elle s'était figée elle aussi en le découvrant. Elle le dévisageait avec une absence d'expression qui menaçait de se transformer en une horreur absolue.

Mulder leva les mains pour s'excuser, il s'attendait à un cri à glacer le sang, mais la vieille femme lui adressa un sourire. Un petit sourire espiègle, presque sexy…

Elle se mit à retirer une des bretelles au moment où Mulder recula et s'éclipsa rapidement.

Troublé malgré tout, Mulder demanda au vieil employé :

— Vous auriez une pince coupe-boulons ?

Leur hôte de plus en plus réticent soupira.

— Vous n'êtes donc vraiment pas là pour nager, hein ?

9

Hôpital Notre-Dame-des-Peines
Richmond, Virginie
11 janvier

Dana Scully se trouvait dans la salle d'opération, vêtue d'une blouse et d'un bonnet chirurgicaux. Elle étudiait la fiche de son patient lorsque l'on fit entrer Christian Fearon, couché sur un lit à roulettes.

Elle avança vers l'enfant – son crâne chauve lui donnait encore plus l'air d'être sans défense et son petit corps nageait dans sa blouse d'hôpital. Il lui sourit chaleureusement.

— Beaucoup de gens s'occupent de toi ce matin, Christian, dit Scully en inclinant la tête.

Le garçon réussit à lui sourire malgré tout, mais sursauta légèrement lorsque son lit à roulettes fut immobilisé.

— Bon ! je ne veux pas que tu aies peur, dit Scully en inclinant la tête.

— Vous non plus, répondit le garçon avec un sourire plus naturel.

— Marché conclu, dit-elle en souriant chaleureusement.

L'anesthésiste entra pendant que Scully se brossait les mains pour opérer. Elle tournait le dos au garçon et son sourire avait disparu, remplacé par une expression déterminée.

Lorsqu'elle se retourna, Scully découvrit que son équipe était déjà au travail et plaçait la tête rasée de Christian dans un appareil d'immobilisation stéréostatique. En voyant cet instrument effrayant, qui semblait sortir tout droit d'une salle de torture médiévale, elle sentit sa détermination vaciller. Tous les membres de son équipe la regardaient et elle espérait qu'ils n'avaient pas remarqué son trouble...

L'infirmière plissa le front.

— Docteur Scully... ?

— Il faut lui administrer de l'orphénadrine [1] dans le crâne et j'ai besoin d'un plateau vertébral équipé d'une aiguille de calibre 18. Ainsi que d'une seringue de lidocaïne...

Ses yeux étaient rivés sur son patient, pas sur son équipe chirurgicale, car elle ne voulait pas que ces professionnels puissent croiser son regard et peut-être y déceler la peur.

On lui tendit une seringue et elle piqua Christian au niveau de la tempe.

— Trépan de cinq millimètres.

Le trépan dans les mains, elle plaça son extrémité sur la tempe de l'enfant.

L'infirmière surveillait le moniteur 3D : l'aiguille

1. Relaxant musculaire. (*NdT*)

qui pénétrait dans le crâne du garçon pouvait être observée à la fois avec une précision chirurgicale et une certaine distance.

Le temps que l'opération soit terminée, l'après-midi avait laissé place au début de soirée. Scully, sa blouse éclaboussée du sang de son patient, était assise, seule, sur un banc dans le vestiaire des médecins et prenait des notes dans le carnet que Christian lui avait donné. L'enfant lui souriait sur la photo dédicacée collée sur la deuxième de couverture.

— Et dire que les gens pensent que c'est *moi* qui suis entré dans la clandestinité, lui dit une voix familière.

Elle jeta un coup d'œil vers la porte d'entrée où Mulder, vêtu d'un pull et d'un jean, se tenait, les mains sur les hanches. Il avait l'air fatigué, mais toujours alerte, et elle lui sourit machinalement sans se lever toutefois.

Il s'approcha d'elle et s'assit à ses côtés. Elle se sentait réconfortée par sa présence. Mais il y avait encore de la tension entre eux depuis le mélodrame de la veille.

— Je suis désolée, Mulder, lui dit-elle en refermant son carnet. Je suis sûre que tu as dû t'inquiéter, mais j'avais besoin de rester concentrée.

Il contempla sa blouse ensanglantée, puis la regarda dans les yeux.

— C'est le garçon, c'est ça ? Scully… ? lui demanda Mulder.

Elle déglutit et opina du chef.

Scully comprit en le voyant froncer les sourcils qu'il compatissait à sa peine.

— Je croyais qu'il n'y avait rien à faire pour lui..., lui dit-il.

— J'essaie quelque chose avec lui, répondit-elle en soupirant. Une nouvelle procédure radicale... et franchement douloureuse...

Il plissa les yeux en l'observant.

— La nuit dernière, tu m'as dit que cette procédure n'était pas une option.

— C'était effectivement le cas... la nuit dernière.

— Et qu'est-ce qui t'a fait changer d'avis ?

Comment pouvait-elle le lui dire sans paraître hypocrite et imbécile ? Comment pouvait-elle lui dire : « Mulder, cet ancien prêtre que je considère comme un imposteur, celui pour lequel je t'ai tant critiqué. Oui, ce prêtre-là. Eh bien, il m'a dit de ne pas abandonner. Alors c'est ce que j'ai fait. »

Pour toute réponse, elle haussa les épaules et secoua la tête, puis détourna le regard.

— Quand est-ce que tu sauras si ça fonctionne ?

— Le protocole est complexe. Ça va prendre du temps. (Elle le regarda de nouveau, son expression était des plus confessionnelles.) Et nous ne saurons pratiquement rien avant que tout soit terminé.

Mulder acquiesça et cette fois-ci, ce fut lui qui détourna le regard. Elle voyait que quelque chose le tourmentait, quelque chose de personnel et de très important.

Elle fronça les sourcils, préoccupée.

— Mais tu n'es pas venu ici pour parler de ça, n'est-ce pas ? Pas de mon patient.

— Non, reconnut-il. (Il regardait les casiers.) Scully, une autre femme a disparu.

Elle pencha la tête sur le côté comme si elle l'avait mal compris.

— Pardon… ?

— Une autre femme a disparu, mais elle nous a fourni une nouvelle piste. (Il la regarda de nouveau dans les yeux.) Cette femme et l'agent qui a été enlevé fréquentaient la même piscine, Scully. Nous avons découvert que Monica Bannan y avait un vestiaire. Nous pensons que les deux femmes ont été repérées dans cet endroit. Et tiens-toi bien : chacune d'elles portait un bracelet *médical* d'identification.

— Vraiment ?

— Oui. Et elles ont également le même groupe sanguin, rare : AB négatif.

— Des organes… récoltés pour des transplantations, hasarda Scully, intéressée malgré elle. (Mulder acquiesça. Il ne dit rien et la laissa poursuivre le fil de ses pensées.) C'est pourquoi elles ont été prises pour cibles, dit Scully. Les donneurs et les receveurs doivent être compatibles. Le quelqu'un qui utilise cette piscine le *sait*…

— Un quelqu'un qui passe des commandes. Au marché noir.

Scully hocha la tête elle aussi.

— Il utilise cette piscine pour trouver des donneurs potentiels en bonne santé.

— C'est exact.

— Ils doivent avoir accès à des listes de receveurs, d'hôpitaux…

Mulder acquiesça de nouveau.

— C'est *ton* univers, Scully. Ta connaissance nous fera gagner du temps dans cette affaire. Et comme d'habitude, le temps est notre ennemi.

— Tu peux commencer par les sociétés de transport d'organes.

Mulder sourit, mais son sourire était empreint de désespoir.

— J'ai besoin de toi avec moi sur cette affaire. Tout commence à se mettre en place, mais j'ai besoin de toi pour réussir… et tu le sais. C'est toi qui m'as demandé mon aide au début. C'est moi maintenant qui ai besoin de la *tienne*…

Son enthousiasme s'était toutefois émoussé tandis qu'il essayait de la convaincre. Mais elle secoua la tête, ce qui l'empêcha de poursuivre.

— Tu n'as pas besoin de moi, Mulder. Et ils n'ont pas besoin de toi non plus. Tu leur as fourni ton aide. Ton œil d'expert. C'est toi qui les as menés jusque-là et qui as résolu l'affaire pour eux. Laisse le FBI continuer. Laisse-les s'en charger.

— Mais Scully, nous sommes *si* proches de…

— Pas nous. Eux. Et je te demande de les laisser faire. Je te demande de lâcher l'affaire.

Son sourire se figea tandis qu'il l'observait – il crut d'abord qu'elle n'était pas sérieuse, mais comprit rapidement qu'elle l'était… Elle l'était même fichtrement. L'espace de quelques secondes, il ne trouva pas ses mots.

— Ce… ce n'est pas si simple, Scully, finit-il par répondre.

— Non, ce n'est pas simple. C'est compliqué.

— Qu'est-ce que tu veux dire par là ? demanda-t-il, bouche bée.

Elle fronça les sourcils. Puis soupira.

— Je veux dire que je savais que ça arriverait, Mulder, et c'est arrivé. Quelque chose que je craignais d'affronter. Et que je n'avais pas eu à affronter jusqu'à *maintenant*.

L'impatience embrasa son regard et il lui répondit :

— Dis-moi juste ce *que*…

— Je suis médecin, répondit-elle simplement, sans agressivité. Des médiums pédophiles, des têtes coupées, des femmes kidnappées… ça n'est plus ma vie.

— … Je le sais.

Vraiment ?

— J'ai fait un choix dans ma vie, poursuivit-elle. J'avais choisi de faire passer ma carrière au second plan lorsque je suis entrée au FBI, mais je n'en fais plus partie désormais, Mulder, cette page de ma vie est tournée. J'en suis désormais au chapitre où je suis devenue médecin, une carrière à laquelle je m'étais destinée. Je recherche toujours la vérité, c'est une évidence, mais je la recherche maintenant… parmi les vivants.

Scully devinait que Mulder devait bouillonner, mais il lui dit simplement :

— Je ne te demande pas d'abandonner ça. Je ne te demanderai jamais de…

— Tu ne comprends pas, Mulder. Je ne peux plus continuer. Je ne peux plus sonder les ténèbres en ta compagnie. Je ne supporte plus ce que ça te fait à toi... ou à moi.

Il se raidit et dissimula sa peine en se mettant sur la défensive.

— Ça ne me dérange pas, moi, de chercher des réponses dans les ténèbres... c'est là qu'elles se trouvent en général, Scully. Et je suis même plutôt bon dans ce...

— C'est bien ce qui m'effraie.

Il fronça les sourcils, furieux.

— Où veux-tu que je cherche ? Si nous voulons retrouver ces femmes en vie, tu...

— Je te demande de te regarder *toi*, Mulder.

— Pourquoi ? Ce n'est pas moi qui ai changé.

Comme de nombreuses autres querelles, celle-ci avait commencé rapidement et dégénéré tout aussi rapidement. L'accès de rage de Mulder la fit blêmir.

— Nous ne faisons plus partie du FBI, répliqua-t-elle. Nous sommes deux personnes qui rentrent chez elles chaque soir. Ou du moins, c'est moi qui rentre de cette façon depuis plusieurs années. Et lorsque je reviens chez moi, chez nous, je ne veux pas de ces ténèbres qui m'attendent.

Mulder fit un geste vague pour englober l'hôpital.

— C'est là ton univers et je le respecte. Mais nous parlons ici de ce que *je* fais, Scully... de ce que je faisais avant même de te rencontrer. Je ne connais que ça.

— C'est parfait. Alors mets tout ça par écrit. Tu leur as payé ta dette et tu as fait ton temps. Dis-le au monde. Écris un livre.

— Tu veux me dire quoi par là ? D'abandonner ? lui demanda-t-il, incrédule.

— Tu étais derrière ton ordinateur, tu découpais des articles de…

— Non, je suis revenu à ma véritable place. J'essaie de sauver quelqu'un d'un mal inconnu. Je suis revenu à la place où *tu* m'as mis.

Elle le dévisagea et prit conscience de l'ironie et de la vérité de sa déclaration.

— C'est vrai, lui dit-elle en baissant les yeux. Tu as raison. Je ne peux pas te demander d'arrêter.

La tension disparut. Mulder parut recouvrer son calme et elle comprit qu'il essayait de trouver le moyen de faire marche arrière et de la convaincre de nouveau.

Mais c'était trop tard. Elle soutint son regard une fois de plus et déclara :

— Voici ce que je *peux* te dire : je ne reviendrai pas chez nous, Mulder. Je vais rester ici. (À voir l'expression de Mulder, on aurait pu croire que Scully venait de le frapper, en plein dans l'estomac, et de lui couper le souffle. Il ne s'était jamais attendu à entendre ce genre de paroles et, d'ailleurs, Scully ne s'était jamais attendue à les prononcer.) J'ai mes propres batailles à livrer désormais, lui dit-elle très doucement, sans malice.

— Scully…

— Je t'en prie, n'essaie pas de me faire changer d'avis.

— Et toi, ne fais pas ça.

Elle le regarda un long moment. Son expression n'était pas dépourvue d'amour, mais elle était du moins sévère, emplie de colère et même blessée. S'il poursuivait la discussion, elle devrait répondre à cette question inexprimée : *Tu ne reviendras pas à la maison ? Simplement ce soir ou pour toujours ?*

Et aucun d'eux ne pouvait prendre le risque de la poser en cet instant précis.

— Je ne sais pas quoi faire d'autre, répondit simplement Scully.

Ils n'avaient plus rien à se dire. Elle ne lui céderait rien, et Mulder ferait assurément la même chose. Aucun d'eux ne pouvait abandonner ce en quoi il croyait : ça n'était pas dans leur nature.

— Bon ! lança Mulder en se levant. Je te souhaite bonne chance alors.

— Moi aussi, répondit-elle en hochant la tête.

Il partit rapidement et elle savait pourquoi : il ne voulait pas qu'elle puisse voir les émotions qu'il ressentait, comme elle ne supporterait pas qu'il voie son visage sévère s'adoucir à cause des larmes qui lui montaient aux yeux.

Centre hospitalier de Somerset
Somerset, Virginie
11 janvier

Dans la morgue, le cadavre d'un homme récemment décédé était incisé par les mains expertes et gantées de latex d'une pathologiste. Elle pratiqua la classique incision en forme de Y et introduisit rapidement ses doigts dans la cavité stomacale de l'individu, saisissant le foie avec l'aisance d'un cuisinier qui prépare une dinde pour Thanksgiving.

La pathologiste, une grande et belle femme de soixante ans vêtue d'une blouse et d'un bonnet chirurgicaux verts, sépara le foie des viscères et le retira du corps, le prit dans ses mains puis le déposa avec soin dans la glacière médicale voisine.

L'individu athlétique, habillé d'une veste gris et noir du transport d'organes, détonnait dans cet environnement stérile en raison de son visage anguleux et de ses cheveux bruns et fins – des traits que les deux femmes qu'il avait récemment enlevées avaient comparés à ceux du fou russe Raspoutine.

Ce Russe, qui portait lui aussi des gants de latex, referma la glacière et tendit à la pathologiste un porte-bloc avec des documents à signer… ce qu'elle fit aussitôt. Puis la femme reporta son attention sur un autre patient récemment décédé tandis que l'homme, son porte-bloc sous le bras, sortit de la morgue, la glacière à la main – comme un ouvrier portant sa boîte à déjeuner.

Il se hâta de remonter un couloir animé, ne s'adressa à personne et se fondit dans la foule. Il s'arrêta devant un ascenseur, appuya sur le bouton pour descendre et attendit.

Pendant son attente, il remarqua plusieurs personnes dans le couloir : deux policiers en tenue et un homme en costume aux cheveux bruns qui parlaient à une jeune infirmière. Du point de vue du Russe, ce n'était pas une bonne chose, car cette infirmière, une jolie brune, l'avait dirigé vers la morgue quelques instants auparavant.

Et maintenant elle le montrait du doigt.

Ou du moins pointait-elle dans sa direction. Le Russe se tourna vers l'ascenseur qui refusait de s'ouvrir afin de dissimuler sa nervosité, car il savait que les deux policiers et ce jeune homme à l'apparence professionnelle se dirigeaient droit vers lui.

Et ils ne le quittaient pas des yeux...

Les portes de l'ascenseur s'ouvrirent finalement, et le Russe entra. Les policiers et le type en costume se trouvaient à dix mètres environ dans le couloir lorsque le Russe sourit intérieurement en appuyant sur le bouton « 1 » du clavier de l'ascenseur complètement vide : il pensait être libre.

Mais une main se tendit brusquement entre les deux portes, les empêcha de se refermer et les rouvrit même automatiquement, les trois hommes le regardaient droit dans les yeux.

L'homme en costume avait des cheveux bruns frisés et un visage juvénile, mais il s'adressa à lui d'une voix assurée.

— Pourrions-nous parler un instant ?

— Je transporte un organe vital, déclara le Russe.

Son accent était prononcé, mais ses paroles étaient précises. Il espérait simplement que la colère qu'il ressentait passerait inaperçue. Il ne savait pas que ses yeux sombres conféraient une telle intensité à son regard que cela ne pouvait que le desservir.

L'homme en costume lui sourit.

— C'est de ça que j'aimerais vous parler…

— Je ne crois pas que vous compreniez.

Un des policiers, dont l'épaule empêchait les portes de se refermer, lui dit :

— Monsieur, s'il vous plaît… veuillez sortir de l'ascenseur. Maintenant.

Le Russe laissa échapper un soupir en sortant finalement dans le couloir – il n'avait toujours pas conscience de son air d'arrogance hostile.

— Je m'appelle Robert Koell, lui dit le jeune homme. Je travaille pour le bureau du procureur de Richmond. Puis-je voir vos papiers et votre permis ?

Le porte-bloc toujours sous le bras, le Russe hésita puis posa la glacière au sol.

— Je vais prendre mon portefeuille.

— Je vous en prie, lui dit l'assistant du procureur en acquiesçant.

Les yeux des deux policiers étaient rivés sur le Russe comme des aimants sur du métal. Le suspect extirpa son portefeuille de sa poche arrière. Il jeta un coup d'œil dans le couloir sans s'apercevoir qu'il trahissait ainsi son désir de s'échapper.

— J'ai une carte verte[1], déclara le Russe.

— C'est parfait, répondit Koell. Que transportez-vous ?

— Un foie humain destiné à une transplantation.

— Vos papiers et votre permis, s'il vous plaît.

— Vous me faites perdre mon temps ! Une vie humaine est en jeu !

— Vos papiers et votre permis.

Le Russe leur tendit le porte-bloc et sortit son permis de conduire de son portefeuille, puis le remit à Koell.

— Et où devez-vous livrer cet organe ?

— Aux Cèdres du Liban. Ils l'attendent. Un patient l'attend.

L'assistant du procureur observa le Russe avec un regard encore plus glacial que le contenu de la glacière.

— Avez-vous déjà remis ou livré un organe en dehors des voies habituelles ou légales ?

— Non !

— Personne ne vous a jamais demandé de faire une telle chose ?

— Non.

Koell fit un geste avec le porte-bloc.

— Vous êtes employé de cette société ?

— Oui.

— Que répondrait votre employeur à ces questions ?

— … mon employeur est malade. Il a un cancer.

Koell fronça les sourcils.

---

1. Permis de travail américain pour les étrangers. (*NdT*)

— Ce n'est pas ce que je vous ai demandé, M. Dacyshyn.

— Suis-je suspecté de la moindre chose ? Je fais du bon travail et vous me faites perdre mon temps.

— En fait, répliqua Koell en désignant un banc en face de l'ascenseur, j'aimerais que vous vous asseyiez là, monsieur.

— Je ne veux pas m'asseoir…

Le policier qui avait déjà pris la parole s'adressa de nouveau à lui :

— Veuillez vous asseoir, monsieur…

Le Russe réfléchit un instant. Il pouvait très bien leur résister. Malgré leurs armes, ils ne l'intimidaient pas. Mais un hôpital n'était pas le bon endroit.

Il finit par s'asseoir, la glacière sur les genoux.

Et il observa avec une nervosité grandissante l'assistant du procureur qui sortait son téléphone portable et composait un numéro programmé.

10

Hôpital Notre-Dame-des-Peines
Richmond, Virginie
11 janvier

Dana Scully faillit bousculer Margaret Fearon en sortant du vestiaire. Ses cheveux étaient encore mouillés après sa douche.

Scully était en civil (elle portait un chemisier bleu clair et un pantalon bleu foncé) et n'avait pas la tête au travail. Elle avait prévu de se rendre à la cafétéria pour y manger quelque chose avant de se faire remplacer par les médecins de garde. La longue opération l'avait épuisée et la dispute avec Mulder ne l'avait pas particulièrement ragaillardie. Elle n'était pas d'humeur à s'entretenir avec les parents de son jeune patient, mais ils étaient pourtant là, devant elle.

Ils avaient l'air si jeunes : la jolie blonde au visage en cœur et le grand brun aux beaux yeux bleus n'avaient pas encore trente ans. Quelques années plus tôt, ces deux-là rêvaient de leur vie future et de la famille qu'ils allaient fonder – mais désormais...

— Docteur Scully, lui dit Margaret Fearon, nous sommes désolés de vous déranger.

Scully eut le sentiment que le couple d'ouvriers devait l'attendre depuis un moment, campé dans le couloir.

— Mais nous aimerions parler avec vous, si c'est possible, poursuivit le père du garçon. C'est au sujet de notre fils. De Christian.

La tension et la politesse forcée de ses paroles alertèrent Scully.

Cette dernière, l'air sérieux sans être solennel, regarda le père puis la mère.

— Vous avez rendu visite à votre fils ?

— Oui, acquiesça Margaret, il dormait. Mais nous avons…

Elle s'interrompit et regarda son mari.

— Nous avons changé d'avis, lui annonça catégoriquement Blair Fearon. À propos de ce nouveau traitement.

Soudain les parents eurent l'air soulagés. Ils s'étaient débarrassés de leur fardeau sur Scully et il reposait désormais complètement sur ses épaules.

— C'est prématuré, finit par répondre Scully, lentement et posément. Nous ne savons même pas si ça fonctionne…

— C'est vraiment trop dur, déclara Blair en secouant la tête. (Ses yeux, comme ceux de sa femme, étaient rouges.) Nous pensons que Christian a déjà trop souffert.

Margaret se pencha comme pour toucher le bras de Scully, mais n'alla pas au bout de son geste.

— Nous savons que vous avez les meilleures intentions, docteur. Mais après tout ce que notre famille a traversé, nous avons décidé que nous aimerions désormais nous en remettre à Dieu.

— La science, la médecine… (Blair marqua une pause)… ne peuvent pas tout faire. Nous avons besoin d'un miracle pour Christian, pas de ça… pas de cette *torture*.

Scully se raidit, et déglutit.

— Je vois, leur dit-elle.

La mère sembla effrayée.

— Je vous en prie ! Nous savons que vous avez les meilleures intentions du monde. Mais voir souffrir notre fils, c'est juste… C'est trop dur, docteur Scully. Ça n'a rien de personnel.

— D'accord, répondit Scully.

— Vous le comprendriez si… si vous étiez mère vous-même.

Après la dispute avec Mulder, cette discussion était presque de trop. Scully se cuirassa pour garder son calme.

— Je suppose que vous avez parlé avec le père Ybarra ? leur demanda-t-elle doucement.

— Oui, répondit M. Fearon.

— Je vois.

— Mais c'est nous qui avons pris notre décision !

Scully acquiesça. La colère sourdait en elle, mais elle devait la refouler. Le doute qu'éprouvaient ces parents était sensé, compréhensible et elle devait le respecter.

— Et si ça *marchait* ? demanda-t-elle en regardant le père dans les yeux. Et si nous découvrions plus tard que nous avons fait le mauvais choix en arrêtant tout ?

ajouta-t-elle en croisant le regard de la mère, cette fois.

— Vous êtes en train de me dire que vous pouvez sauver mon fils ? demanda Margaret en penchant la tête.

— Je ne peux pas vous promettre une telle chose, reconnut Scully. (Après tout, elle avait elle aussi ses propres doutes.) C'est juste… que je ne veux pas abandonner maintenant.

— Je sais que vous vous souciez de Christian, beaucoup, dit Margaret les yeux brillants de larmes. Il vous est tout acquis. Nous ne sommes pas aveugles.

— Mais nous devons faire ce qu'il y a de mieux pour lui, docteur Scully, dit le père.

— Alors attendez, poursuivit Scully. Christian va rester ici encore plusieurs jours en suivi postopératoire. Laissons passer un peu de temps et n'agissons pas de manière irréfléchie. Alors nous en reparlerons.

Puis elle prit congé d'eux et s'éloigna sans leur laisser le temps de répondre.

L'enceinte
La campagne virginienne
11 janvier

De retour dans le chenil, dans sa caisse en bois percée de petits trous, Cheryl Cunningham dormait. Elle était recroquevillée en position fœtale et avait ramené la couverture sur elle. Elle dormait ainsi depuis plusieurs heures et rêvait qu'elle était ailleurs, lorsqu'un grincement métallique la réveilla en sursaut et la ramena à la dure et effroyable réalité. Elle écarquilla les yeux lorsqu'un nouveau grincement retentit, accompagné cette fois-ci d'un fracas métallique. Et elle se mit à genoux pour regarder par un des trous.

Les bruits avaient été provoqués par l'ouverture des cages, les portes en métal grillagées ayant raclé le sol. Le vieil homme grand et émacié, toujours vêtu de sa blouse et de son bonnet médicaux, allait de cage en cage pour libérer les pitbulls. Il les attrapait par le collier, les entraînait jusqu'à une petite ouverture à leur taille ménagée dans un mur, et les poussait dehors sans qu'ils émettent le moindre gémissement de protestation – il s'agissait manifestement d'une habitude pour ces animaux. La femme en blanc suivait le médecin et l'imitait : elle accompagnait les chiens jusqu'à la porte et les faisait sortir dans un enclos situé à l'extérieur (du moins Cheryl le supposait-elle).

Les cages vides et son travail achevé, le médecin

émacié se dirigea vers elle et la regarda par un des trous.

Cheryl, à genoux, les mains plaquées sur le bois rugueux de la caisse, le regardait de son air le plus implorant, espérant éveiller sa pitié.

— S'il vous plaît… j'ai une famille. J'ai une mère et un père, comme vous. Je veux les revoir. S'il vous plaît… *s'il vous plaît*. Je ne veux pas mourir. *Écoutez-moi*, je vous en prie…

Le grand médecin lui adressa un sourire bienveillant et lui parla d'un ton apaisant, mais toujours dans cette langue étrangère, probablement du russe.

— Je ne vous comprends pas, lui dit-elle. Je ne peux pas… comment faire… ?

— Vous… vouloir… moi… *baisers* ?

Cette question étrange, posée dans un très mauvais anglais, aurait pu la faire rire si elle ne lui avait pas glacé le sang. Elle se contenta de le regarder, les yeux écarquillés par la peur et l'incompréhension.

Puis il glissa la main dans la poche de sa blouse et extirpa plusieurs petits objets argentés qu'il fit tomber par la trappe : des Hershey's Kisses [1].

Elle n'y prêta pas attention et continua à supplier ce vieil homme visiblement gentil avec son visage.

— Il *faut* que je rentre chez moi… *s'il vous plaît*. Il faut que je rentre chez *moi* !

Mais il se leva, s'éloigna d'un pas tranquille et franchit le rideau en plastique pour entrer dans la

---

1. Bonbons chocolatés ; *kisses* signifie « baisers » en anglais. (*NdT*)

salle bien éclairée, emplie d'équipement médical, où un échantillon de son sang avait été emporté quelques heures auparavant.

— Ne *m'abandonnez* pas ! cria-t-elle en sanglotant. Ne m'abandonnez pas…

Mais il était déjà parti.

Résidence pour délinquants sexuels
Richmond, Virginie
11 janvier

Dana Scully se tenait devant la porte de l'appartement, hésitante. Elle portait un manteau en cachemire brun clair. Elle ne parvenait pas à croire qu'elle avait traversé la ville, de nuit, pour se rendre dans cet endroit. Était-elle si épuisée et si dévastée sur le plan émotionnel qu'elle en était devenue somnambule et évoluait dans un cauchemar éveillé ?

Pourtant, elle frappa à la porte.

Elle attendit un moment avant d'avoir une réponse. Finalement, le père Joe, visiblement surpris, ouvrit la porte et resta planté sur le seuil. Il était vêtu d'un peignoir et d'une paire de pantoufles, ses cheveux gris étaient encore plus ébouriffés qu'à l'accoutumée, comme s'il venait de mettre les doigts dans une prise électrique. Son expression interloquée aurait également pu être le résultat d'un tel choc.

— Me *voilà* avec une nouvelle vision, dit-il. Une vision comme je n'en ai jamais eu…

Scully se balançait doucement d'un pied sur l'autre.

— Pourrais-je vous parler ? demanda-t-elle, toujours inquiète et hésitante.

L'ancien prêtre ne répondit rien. À sa façon de la regarder bouche bée, on aurait dit qu'elle venait de le frapper avec une serviette mouillée.

Puis il retrouva une expression plus humaine, plus douce même, et lui répondit :

— Rien ne me ferait plus plaisir, docteur Scully.

Il ouvrit la porte en grand, pivota et lui fit signe d'entrer.

— Donnez-vous la peine, dit-il.

Scully se glissa dans la pièce avec gaucherie et faillit sursauter lorsqu'il referma brutalement la porte derrière elle.

Elle se retrouvait de nouveau dans le salon sombre et miteux. Ce soir-là, David Letterman passait à la télé [1], l'auditoire hurlait de rire, une couverture ainsi qu'un oreiller occupaient le canapé (le père Joe avait-il dormi là ?) et un cendrier rempli de mégots était posé sur la table basse juste à côté. De la fumée et une forte odeur de cigarette flottaient dans la pièce. L'atmosphère dans laquelle vivait l'ancien prêtre était froide et des plus confinées.

Combien de fois Mulder et elle avaient-ils parlé de la banalité légendaire du mal ? Et elle se tenait maintenant au beau milieu de cet appartement misérable, comme si elle avait franchi les portes mêmes de l'enfer.

— Installez-vous confortablement, lui dit le père Joe en désignant le canapé.

— Je ne resterai pas longtemps, répondit-elle en secouant la tête.

Il passa dans son dos, aussi proche que son ombre, pour rejoindre le canapé. Mais lorsqu'il l'atteignit, il ne s'assit pas : il resta là à la regarder sans ciller.

---

1. Célèbre animateur de télévision et humoriste américain qui anime, chaque soir, le « Late Show with David Letterman » sur CBS. (*NdT*)

— Vous êtes venue seule ? lui demanda-t-il.

Non, l'endroit est encerclé et si vous faites un seul foutu geste, un groupe d'intervention armé vous tombera dessus comme sur Bonnie et Clyde...

— Oui, reconnut-elle.

Pourquoi la regardait-il ainsi ? Pour mettre ses nerfs à l'épreuve ? Pour évaluer sa timidité ? Ou peut-être simplement pour l'ébranler...

Quelle qu'en soit la raison, il finit par s'asseoir sur le canapé.

— Asseyez-vous. Je vous en prie. J'insiste, lui dit-il.

Elle regarda autour d'elle, mais ne vit aucun autre siège et finit par se percher sur le canapé en laissant le plus d'espace possible entre eux. Elle devait au moins lui accorder le respect dont il faisait preuve envers elle : après tout, elle était venue à l'improviste.

— Bon ! lui dit-il, les mains posées sur les genoux. Vous êtes ici pour me demander quelque chose.

Elle acquiesça et il sourit gentiment en percevant sa réticence.

— Nous sommes seuls, lui dit-il. Mon colocataire est sorti. Vous pouvez parler en toute confiance.

Super ! C'est exactement ce que je voulais : me retrouver seule avec ce tordu... comme si ça ne me donnait pas déjà des boutons...

Elle soupira.

— Vous m'avez dit quelque chose, là-bas...

— Oui, dit-il en hochant la tête.

— ... hier. Là-bas dans la neige...

— Oui. Je vous ai dit : « N'abandonnez pas. »

Scully acquiesça elle aussi. Elle se sentit étrangement soulagée que le père Joe ait anticipé son intervention.

— J'ai besoin de savoir, lui dit-elle, pourquoi vous m'avez dit ça.

— Franchement, je n'en ai pas la moindre idée, répondit-il en haussant les épaules.

Elle le dévisagea.

Il fronça les sourcils et lui adressa un sourire presque chagriné.

— Vous attendiez une autre réponse.

Elle détourna le regard. Ses pensées l'avaient dirigée, et précipitée, vers cet endroit. Elle marqua une pause pour mettre de l'ordre dans ses idées puis lui demanda :

— Que savez-vous de moi ?

Si elle n'avait pas su ce qu'il était, son sourire aurait pu être charmeur.

— À part que vous me détestez, ma chère ?

— Vous avez lu un article à mon sujet ? Dans un journal, un magazine ? Vous avez fait une recherche me concernant sur Internet ?

— Non. Je n'ai même pas d'ordinateur.

Elle poursuivit son raisonnement :

— Savez-vous ce que je fais ? Ce que je faisais jadis et ce que je fais *aujourd'hui*… ?

— Non. Mais je sais que vous avez la foi.

Il ne fallait pas être médium pour le savoir : la croix dorée qui pendait à son cou aurait aidé n'importe quel charlatan de foire à le deviner, comme elle l'avait dit à Mulder.

Puis le père Joe ajouta :

— Mais votre foi ne concerne pas les mêmes choses que votre *mari*...

— Ce n'est pas mon mari.

Pourquoi était-elle tellement sur la défensive ? Elle vit que l'ancien prêtre avait remarqué son agacement et que son regard était posé sur la croix dorée.

— Voudriez-vous parler de vous, ma chère ?

— Non.

— Cela vous... gênerait-il de vous confesser ?

Elle le regarda bouche bée, à la fois horrifiée et dégoûtée.

— Je ne pense pas que vous soyez en position de...

— Quoi ? De juger ? Probablement pas. Mais ne *m'avez-vous* pas déjà jugé ?

Elle s'esclaffa, sans joie.

— Ne méritez-vous pas de l'être ?

— Vous voulez dire en tant que prédateur ? Pédéraste ? Une vile créature du royaume terrestre de Dieu ?

— Quelque chose comme ça. Oui.

Il souriait toujours avec gentillesse et elle en eut la chair de poule.

— Et pourtant, docteur Scully, ne suis-je pas à l'image de Dieu, tout comme vous ?

Elle se releva.

— Je ne pense pas que vous puissiez prétendre avoir été créé par Dieu... pas après les choses que vous avez faites à ces garçons.

Elle traversa le salon et se dirigea vers la porte mais

s'arrêta lorsqu'il lui parla d'une voix empreinte d'un timbre religieux :

— Savez-vous pourquoi nous vivons ici ? Nous qui considérons cet horrible endroit empli de monstres comme notre foyer ?

Elle se tourna vers lui.

— Nous vivons ici parce que nous nous détestons les uns les autres comme nous nous détestons nous-mêmes, poursuivit-il. À cause de nos appétits écœurants.

Elle eut une moue méprisante.

— Cet endroit ne rend pas ces appétits moins écœurants.

Il ouvrit les bras presque comme pour la bénir.

— Alors d'où viennent-elles, ces pulsions incontrôlables ?

— Pas de Dieu, répliqua-t-elle.

— Ni de moi, répondit le père Joe. Je me suis castré à l'âge de vingt-six ans.

Cette révélation la bouleversa. Elle était *définitivement* en enfer. Mais c'était l'enfer du père Joe et elle devait le quitter. Elle alla jusqu'à la porte.

— Et, ajouta-t-il, je n'ai pas non plus demandé à recevoir ces visions.

Elle s'arrêta, la main sur la poignée. Et regarda derrière elle.

— Le livre des Proverbes 25, verset 2, lui dit-il.

— Pardon ? lui dit-elle en fronçant les sourcils, offensée.

— « La gloire de Dieu, c'est de cacher les choses ; la gloire des rois, c'est de sonder les choses. »

— Comment osez-vous me citer les Saintes Écritures ?

— Pourquoi êtes-vous venue ici ? lui demanda-t-il doucement.

Tremblante, elle ne répondit rien. Elle serrait la poignée… mais ne la tourna pas.

— De quoi avez-vous peur, mon enfant ? lui demanda-t-il.

Elle plissa le front et lui demanda :

— Vous m'avez dit de ne pas « abandonner », pourquoi ? Pourquoi me dire *ça* ?

Il haussa les épaules et secoua la tête ; ses cheveux serpentins semblèrent prendre vie.

Agacée, elle revint vers lui à grands pas.

— Pourquoi m'avez-vous dit ça ? lui demanda-t-elle sur un ton autoritaire.

Il la regarda de nouveau sans ciller et lui répondit dans un murmure.

— Je ne sais pas.

— Je ne vous *crois* pas.

— Je ne mens pas. Je vous dis la vérité.

— C'est *vous* qui avez prononcé ces paroles – que signifiaient-elles ?

Il haussa de nouveau les épaules.

— Je ne sais pas pourquoi je vous ai dit ça.

— Vous m'avez regardée droit dans les yeux…

Furieuse, les poings serrés, Scully voulut le frapper comme une enfant aurait fait face à un parent aux règles bien trop strictes.

Et comme si la rage de la jeune femme avait finalement embrasé ses propres émotions, l'ancien prêtre se décomposa subitement et il fondit en larmes.

— La… la seule chose que j'ai jamais désirée était de Le servir… de servir Dieu…

Il courba la tête, ferma les yeux et se mit à chuchoter, visiblement en prière.

— Allez-y, lui lança Scully. Demandez-Lui Sa miséricorde. Mais n'attendez pas la mienne.

Elle était presque arrivée à la porte lorsqu'il entra en hyperventilation. Le corps tremblant et frissonnant, il lui adressa un regard pitoyable et elle crut qu'il jouait de nouveau la comédie afin de gagner la miséricorde qu'elle venait de lui refuser.

— Vous pouvez arrêter ça quand vous le voudrez, lui déclara-t-elle.

Mais elle comprit subitement (le docteur Dana Scully avait reconnu les signes) qu'il s'agissait d'une véritable attaque.

Elle s'approcha du père Joe qui était toujours assis sur le canapé et l'agrippa par les épaules.

— Regardez-moi, lui ordonna-t-elle.

Mais sa tête retombait comme celle d'une poupée de chiffon, ses yeux étaient révulsés et il était en train d'avaler sa langue.

Elle sortit son téléphone portable, composa le 911 et s'occupa de son nouveau patient.

L'enceinte
La campagne virginienne
11 janvier

Agenouillée dans sa caisse en bois, Cheryl Cunningham était désespérée. Elle entendit le bruit d'une serrure qu'on déverrouille. Elle leva les yeux avec espoir lorsque le grand médecin parla doucement en russe.

Puis la porte de sa cage s'ouvrit et une main se tendit pour déposer une assiette de ragoût chaud sur le sol : elle était trop large et ne serait pas passée à travers la petite trappe par laquelle son ravisseur bienveillant l'avait arrosée de Hershey's Kisses quelques heures plus tôt.

Il referma la porte, mais fut dérangé, avant de pouvoir la verrouiller, par d'autres voix qui parlaient très fort en russe. Derrière le rideau en plastique, des formes sombres se déplaçaient et des paroles sévères étaient échangées. Cette violente dispute se poursuivit encore un moment entre les deux autres individus vêtus de blouses blanches, l'homme et la femme aperçus plus tôt. Ils s'entretenaient bruyamment dans cette langue étrangère en faisant de grands gestes et le docteur émacié leur accordait toute son attention.

Au moment où ils franchirent le rideau en plastique, Cheryl aperçut une chose suffisamment surprenante pour l'ébranler, même après tout ce qu'elle avait vu et vécu au cours de ces dernières et terribles heures : une femme couchée sur un lit à roulettes se trouvait dans une situation critique. Cheryl n'avait pas aperçu son visage, elle n'avait vu que sa poitrine et ses jambes, mais ç'avait été suffisant pour qu'elle se rende compte de son triste état, son état maladif : cette pauvre femme s'agitait, tremblait, était prise de convulsions.

Bien évidemment, Cheryl n'avait aucun moyen de savoir qu'au même moment un certain prêtre défroqué et tombé en disgrâce était lui aussi en train de faire une attaque. Elle ne pouvait pas non plus comprendre la signification du bracelet médical qui pendait au poignet de la femme souffrante… Elle ne savait pas non plus que la femme couchée sur le lit à roulettes était un agent du FBI porté disparu, que beaucoup de personnes croyaient maintenant mort.

Mais Cheryl savait cependant *une* chose : une chance lui était enfin offerte. Car l'homme au physique émacié et ses deux assistants étaient repassés derrière le rideau en plastique afin de s'occuper de leur patiente et… par mégarde, la porte de la cage en bois de Cheryl n'avait pas été verrouillée.

Tandis qu'autour d'elle les chiens aboyaient frénétiquement, excités par la dispute, Cheryl saisit sa chance, ouvrit la porte de sa cage et s'en extirpa en rampant. Elle se releva et observa son environnement à la recherche d'une issue : une porte, une fenêtre, *n'importe quoi*… mais la seule chose qu'elle vit fut l'ouverture destinée au passage des chiens que le médecin émacié et l'infirmière avaient utilisée afin de faire sortir les pitbulls pour leur promenade nocturne.

Elle savait que la nuit serait froide et elle n'était vêtue que de sa blouse d'hôpital. Elle allait probablement pénétrer dans un enclos réservé aux chiens. Mais ces derniers étaient sans doute de retour dans leurs cages. Elle pourrait très bien escalader n'importe quelle clôture et préférait se geler à l'extérieur plutôt que mourir dans cette maison des horreurs. Et avec de la chance, elle rejoindrait une route ou une maison, ou du moins un endroit chaud pour se cacher.

À quatre pattes dans une posture animale, Cheryl poussa la petite porte et rampa dans un passage exigu. La porte se referma en claquant derrière elle et elle se retrouva dans le noir absolu, mais elle continua à avancer tant bien que mal en se traînant et en gémissant de peur, l'adrénaline pour seul moteur, en direction d'une autre porte dont elle distinguait les contours au bout du passage.

Elle rampa de plus en plus vite. L'air froid la guidait – la liberté, quel qu'en soit le prix, l'attendait de l'autre côté de cette petite porte. Sa tête cogna le panneau comme un bélier et elle sortit ses épaules dans le noir et dans le froid, l'autre moitié de son corps restant dans le passage.

Elle inspira une goulée d'air frais et lui trouva une saveur de liberté.

Puis, au-delà du terrain enneigé, dans l'obscurité, elle perçut le bruit de quelque chose qui courait : ce n'était pas une personne, mais un animal qui grognait, grondait, faisait claquer sa mâchoire et dont les pattes martelaient la terre gelée. Avant de voir à quoi il ressemblait précisément, Cheryl recula dans le passage, prise de panique.

La porte se referma violemment et elle se figea.

Puis la porte se rouvrit subitement et un pitbull y poussa violemment la tête, ses crocs claquaient dans sa direction et il mordait dans le vide. Puis une autre tête de pitbull rejoignit la première, la bave aux babines, les crocs dénudés, les yeux fous. Cheryl se mit à hurler et recula plus vite qu'elle l'aurait cru possible. Les chiens avaient quelques difficultés à entrer dans le petit passage.

Lorsqu'elle fut de retour dans le chenil et dans les bras de ses ravisseurs, elle n'était déjà plus persuadée d'avoir vu deux pitbulls. Mais était-il possible qu'elle ait vu ce qu'elle *croyait* avoir vu ? La fatigue, la nuit noire et ces circonstances horribles l'avaient-elles rendue folle ?

Ou avait-elle vraiment *vu* un chien à deux têtes ?

11

Résidence pour délinquants sexuels
Richmond, Virginie
11 janvier

Son souffle s'échappant dans l'air comme d'une cheminée, Fox Mulder descendit de l'arrière de l'Expedition au moment même où l'agent spécial adjoint Whitney sortait du côté passager. Lorsque l'agent spécial Drummy quitta le volant et fit le tour du véhicule, ses deux compagnons avaient déjà atteint le périmètre éclairé par le gyrophare rouge et bleu d'une ambulance garée devant la résidence.

Mulder se précipita avec inquiétude vers le véhicule. Whitney était juste derrière lui. Il vit deux auxiliaires médicaux sortir un brancard du complexe résidentiel, un troisième individu portait un respirateur artificiel à côté de leur patient.

Le père Joe.

Malgré le masque à oxygène qui dissimulait en partie son visage, les cheveux ébouriffés du prêtre permettaient de le reconnaître immédiatement. D'après ce que Mulder allait découvrir, Crissman était dans un état critique.

Mais un médecin se trouvait *déjà* sur place : le docteur Dana Scully.

Vêtue de son manteau en cachemire brun clair, elle avançait en traînant les pieds derrière le brancard. Leur petit cortège rejoignait l'ambulance. Lorsque le regard de Scully croisa celui de Mulder, elle fut aussi surprise que lui.

Mulder se dirigea rapidement vers Scully et se glissa à ses côtés, leurs souffles visibles se mêlant dans le froid.

— Que s'est-il passé ?

— Il a eu une attaque et s'est effondré. C'est tout ce dont nous pouvons être sûrs.

Ne comprenant pas vraiment, Mulder – qui avançait maintenant au même rythme que Scully – sentit renaître la tension de leur querelle dans le vestiaire.

— Qui *t'a* appelée ?

— Personne.

— Alors que *fais*-tu là ?

Whitney les avait rejoints et sa présence ajouta à la réticence de Scully.

— Je cherchais à sonder les ténèbres, marmonna-t-elle presque à voix basse.

Elle avait l'air d'une somnambule et ses paroles ne firent que troubler davantage Mulder. Il se retourna vers le père Joe que les auxiliaires médicaux étaient en train de monter dans l'ambulance.

Ils s'arrêtèrent et les observèrent.

— Nous devons parler au père Joe, souffla Mulder à Scully.

— Je ne crois pas que ça va être possible… du moins, pas pour l'instant.

— C'est important. Nous avons un suspect, déclara Whitney à Scully.

L'agent spécial adjoint renseigna rapidement Scully sur le suspect que l'assistant du procureur de Richmond avait interrogé à propos du commerce d'organes humains au marché noir.

Scully fronça les sourcils.

— Il a été arrêté ?

— Non, répondit Whitney. Il a été relâché après son interrogatoire. Mais je travaille à obtenir un mandat de perquisition pour fouiller les bureaux de son employeur. *Voici* notre suspect…

Whitney tendit la photocopie agrandie de la photo du permis de conduire d'un certain Janke Dacyshyn. Mulder observa Scully tandis qu'elle étudiait le visage anguleux et osseux de cet homme aux longs cheveux bruns. Il remarqua que Scully y accorda beaucoup d'attention.

— Un témoin plutôt crédible affirme que le suspect fréquente la même piscine que les femmes qui ont disparu, dit Whitney à Scully. Et qu'il y a même nagé en même temps que la seconde victime, Cheryl Cunningham.

Scully continuait à examiner la photo.

— Un témoignage suffisamment crédible pour qu'on puisse l'arrêter ?

Whitney acquiesça.

— Oui. J'ai dépêché des agents.

Scully fronça les sourcils, visiblement troublée.

— Alors pourquoi avez-vous besoin de parler au père Joe ?

— Pour lui montrer cette photo, répliqua Mulder légèrement agacé.

Un second véhicule du FBI arriva sur les lieux et l'agent spécial Drummy l'accueillit. Mulder observa le grand homme qui parlait à un agent, puis Drummy montra Whitney du doigt.

— Excusez-moi, dit cette dernière qui prit congé.

Elle se dirigea vers le nouveau véhicule et ses passagers pour voir de quoi il retournait.

Mulder désigna la photocopie de la photo que Scully tenait entre les mains.

— Je suis convaincu que c'est l'homme qui est apparu dans les visions du père Joe.

Elle lui adressa un regard pénétrant.

— *Qui ?*

— Le suspect. Janke Dacyshyn, déclara-t-il en tapotant la photo du doigt.

Elle roula des yeux.

— C'est *toi* qui leur fais perdre *leur* temps, maintenant, Mulder.

Il se contenta de la regarder fixement. Il avait fallu des mois pour qu'elle devienne sa partenaire, des années pour qu'elle embrasse ses croyances, et ils en étaient revenus au point de départ : il essayait d'accéder à la vérité et elle cherchait à l'en empêcher. Comment diable en étaient-ils arrivés là ?

Il fronça un sourcil en la dévisageant.

— Tu veux me répéter ce que tu *faisais là* ?

Elle ne répondit rien. Et lui rendit simplement la photo.

L'Expedition dans laquelle Mulder était arrivé roula vers eux, Drummy au volant. Comme un client qui règle ses consommations dans un drive-in, l'agent tendit la photocopie d'une autre photo d'identité avec un petit sourire affecté et revêche. Une photo différente.

— Voici une vision pour vous, lança Drummy en remettant la photo à Mulder. Des gars à moi viennent de l'apporter.

Mulder regarda la nouvelle photo et le nouveau visage : encore un homme aux traits anguleux et osseux, mais avec des yeux clairs, presque féminins. Et lui aussi avait un nom à coucher dehors aux consonances d'Europe centrale : Franz Tomczeszyn.

Mulder n'avait aucun moyen de savoir qu'il tenait dans les mains les photos des deux hommes qui avaient attaqué l'agent du FBI, Monica Bannan.

Drummy, avec un soupçon de « Je vous l'avais dit » dans la voix, le mit au parfum :

— C'est l'employeur de notre suspect – et nous venons d'apprendre que c'est également un vieil ami du père Joe.

Mulder eut un mauvais pressentiment.

Scully plissa les yeux.

— Vous êtes en train de dire que le père Joe connaît un type dont la société transporte des organes humains pour le marché noir ?

— Transporterait, la corrigea Drummy, mais oui, c'est ça. Le père Joe connaît Franz machin-truc depuis un moment. Disons vingt ans.

— Vingt *ans* ? s'écria Scully en écarquillant les yeux.

— Il l'a connu comment ? demanda Mulder.

Drummy savourait ce moment.

— Il semblerait que Franz soit un des trente-sept enfants de chœur très spéciaux du père Joe. Et qui peut me dire à qui est marié Franz dans l'État du Massachusetts… ? Eh bien, à notre suspect – Janke machin-bidule.

Mulder garda le silence. Il était franchement abasourdi et resta figé, incrédule et choqué, tandis que Drummy se penchait vers lui.

— On est dessus, maintenant, lui dit-il. J'ai le mandat de perquisition pour fouiller leurs bureaux.

Mulder croisa le regard de Scully mais il n'y lut aucun sentiment de triomphe. Cela faisait longtemps qu'ils étaient ensemble et il savait qu'elle compatissait à son désarroi même si la cause lui donnait raison.

Et elle avait assurément raison.

Pourtant, il ne put se résoudre à la regarder de nouveau dans les yeux.

Drummy partit rapidement à bord de l'Expedition et Mulder avança sur la route pour faire signe au second véhicule du FBI. Il voulait participer à la suite des opérations. Quel que soit le dénouement, il voulait être présent.

— Mulder… ? lui dit Scully dans son dos.

Il finit par se tourner vers elle et la regarda.

— C'est fini, lui dit-elle doucement. (Une profonde tristesse émanait d'elle.) Laisse-*les* finir leur travail.

Il ne lui répondit pas. Elle n'avait pas fait preuve de suffisance envers lui, mais il sentit néanmoins la colère gronder en lui et monta à bord de l'Expedition en claquant la portière. Dans le rétroviseur, il la vit disparaître peu à peu tandis qu'elle le regardait s'éloigner.

Immeuble de bureaux des Arts médicaux
Richmond, Virginie
11 janvier

Les deux Expedition filèrent dans les rues enneigées sans allumer leurs sirènes, car la nuit était déjà suffisamment avancée et le trafic était fluide. Les véhicules s'arrêtèrent brusquement devant un immeuble en brique de trois étages : les bureaux d'une clinique. Les lumières de la ville scintillaient autour d'eux et les agents du FBI descendirent, Drummy en tête, mais, lorsque Mulder les imita, Whitney s'approcha de lui, la main levée comme un agent de la circulation.

— Vous feriez bien de vous arrêter, Mulder, lui dit-elle en lui bloquant le passage. Laissez ces hommes faire leur travail.

Ses paroles le blessèrent. Comme Scully, Whitney était en train de lui dire de laisser le FBI régler l'affaire. Il n'avait plus de plaque, plus de revolver, plus d'autorité et aucune légitimité en tant que consultant sur cette affaire. Du moins, il avait perdu toute crédibilité.

— Écoutez, lui dit Whitney. On s'est tous fait avoir sur ce coup-là. Je voulais y croire dur comme fer.

— Je n'en sais rien, répondit Mulder dont l'attention était fixée sur le bâtiment dans lequel les agents venaient de s'engouffrer.

— Ça ne s'est pas passé comme nous l'avions escompté, lui avoua-t-elle avec un haussement d'épaules.

Mais vous pouvez être fier de vous. C'est *vous* qui avez résolu l'affaire.

Il lui jeta un coup d'œil.

— Vous savez, je n'ai pas besoin de ces belles paroles. Je suis un grand garçon.

— Mais c'est la vérité, lui dit-elle avec un nouveau haussement d'épaules. C'est vous qui nous avez conduits jusqu'ici.

— Non. C'est le père Joe qui nous y a conduits – sous de faux prétextes. C'est ce que vous croyez.

— Je vous ai appelé, car je pensais que vous pourriez nous aider dans cette affaire. Parce que j'avais foi en votre croyance dans ces phénomènes.

— Ah ouais ? Et vous pensez quoi désormais ?

— Je pense que… c'est une conversation qui devra attendre.

Elle le regardait fixement et l'intérêt qu'on lisait dans ses jolis yeux bleu clair n'était pas uniquement professionnel. Pas besoin d'être médium pour le deviner.

Il était flatté, mais avait déjà une femme des plus intelligentes dans sa vie qui pensait que ses obsessions étaient trop vivaces. La dernière chose dont il avait besoin était d'en avoir une seconde.

Mulder et Whitney remarquèrent tous les deux la camionnette Ford qui tourna dans une rue transversale, mais aucun d'eux n'aperçut les caractères sur le côté : « Société de transport d'organes ». Depuis leur lieu d'observation, ils ne virent pas non plus le véhicule entrer dans un parking voisin des bureaux des Arts médicaux.

À l'intérieur de l'édifice, l'agent spécial Mosley Drummy guida les membres de son équipe, tous armés, dans l'atrium puis jusqu'à l'escalier. Sur son ordre silencieux, deux agents se dirigèrent vers l'ascenseur, l'un d'eux portait le bélier compact que les forces de la loi utilisaient pour enfoncer les portes. Bientôt, au niveau du troisième étage, Drummy vérifia les numéros des bureaux afin de s'orienter dans la bonne direction. La petite unité d'intervention progressa discrètement le long du couloir.

Le premier bruit remarquable qu'ils perçurent fut le « ding » de l'ascenseur au moment où les deux autres agents le quittèrent pour rejoindre le reste de l'équipe. Quelques instants plus tard, Drummy se tenait devant la porte sur laquelle on lisait : « Société de transport d'organes ».

— JE SUIS L'AGENT SPÉCIAL DRUMMY DU FBI, lança-t-il suffisamment fort pour qu'on l'entende jusqu'aux étages supérieurs et inférieurs. NOUS AVONS UN MANDAT DE PERQUISITION POUR FOUILLER CES BUREAUX. SI QUELQU'UN SE TROUVE À L'INTÉRIEUR, JE LUI SUGGÈRE DE S'IDENTIFIER ET D'OUVRIR CETTE PORTE.

Ils attendirent.

Lorsqu'il pensa que l'attente avait été suffisante, Drummy fit signe à un de ses agents de s'approcher avec le bélier en fer. L'agent une fois en position, Drummy reprit la parole :

— NOUS SOMMES DES AGENTS FÉDÉRAUX ET NOUS SOMMES ARMÉS : OUVREZ LA PORTE OU NOUS LE FERONS À VOTRE PLACE.

Ils attendirent encore quelques secondes.

Finalement, Drummy fit un petit signe de tête, et son agent enfonça la porte qui s'ouvrit sur les ténèbres. Les agents allumèrent aussitôt leurs lampes torches et Drummy cria :

— COUCHEZ-VOUS AU SOL, SUR-LE-CHAMP... JE RÉPÈTE, COUCHEZ-VOUS À TERRE !

Les agents investirent le bureau. Le bruit qu'ils firent occulta la sonnerie de l'ascenseur qui retentit de nouveau et personne ne vit leur principal suspect, le Russe Janke Dacyshyn, vêtu d'une veste de cuir brune et d'un jean sombre, sortir dans le couloir en portant une glacière destinée au transport d'organes.

Dacyshyn ne repéra pas immédiatement la présence du FBI, mais fronça les sourcils en entendant les bruits dans le bureau et, à quelques pas de la porte fracturée, il prit conscience de la présence de Drummy et des agents à l'intérieur. Dacyshyn osa un rapide coup d'œil, les faisceaux de leurs lampes balayaient des rangées de réfrigérateurs et de conteneurs.

Tenant toujours la glacière, Dacyshyn tourna les talons et s'enfuit rapidement vers l'escalier, sans être repéré.

Devant l'immeuble, sur le trottoir à proximité des Ford Expedition en stationnement, Mulder faisait les cent pas pendant que Whitney tentait de l'apaiser. Il l'écoutait à peine.

— Nous ne serions pas là, poursuivit-elle, sans vos efforts. J'espère que vous le savez... et je peux vous assurer que nous, *nous* les apprécions. Nous étions dans une impasse et vous nous avez fait avancer dans la bonne direction.

— Ouais, répondit Mulder.

— J'espère toujours, bien sûr, que nous allons retrouver notre agent en vie. Je veux dire par là que c'est la chose primordiale dans toute cette affaire.

Mulder plissa les yeux au moment où une silhouette sortit de l'immeuble : un homme habillé d'une veste de cuir brun et d'un jean noir quittait l'endroit à la hâte en portant quelque chose. *Un conteneur – une glacière ?*

L'homme descendit une petite volée de marches pour rejoindre le trottoir et lança un regard furtif dans leur direction : un malabar aux longs cheveux bruns et au visage anguleux.

Whitney fronça les sourcils.

— Qui est-ce ?

— Le suspect, répondit Mulder en se précipitant. *Hé !*

L'homme laissa tomber la glacière et s'enfuit dans la nuit noire. Il se faufila entre deux véhicules en stationnement et traversa la rue en évitant seulement quelques voitures.

Mulder le suivit puis s'élança à sa poursuite. Après un bref instant, Whitney l'imita.

La course-poursuite sur le ciment enneigé longea un premier pâté de maisons, puis un deuxième, le suspect athlétique commençait à les distancer et Mulder, le souffle court, son manteau claquant au vent, courait à quelque distance. Whitney suivait loin derrière, son revolver dégainé et pointé devant elle.

Mulder espérait qu'il n'allait pas glisser sur une plaque de givre, car les rues commençaient déjà à se couvrir de blanc : les trottoirs humides indiquaient cependant que le gel avait peut-être fondu – *peut-être*. Il pouvait très bien se retrouver les quatre fers en l'air à tout instant et sentait déjà que ses poumons lui brûlaient. Le gaillard qui courait devant lui était en meilleure forme physique qu'un ancien agent qui avait passé son temps chez lui, dans son bureau, devant son ordinateur…

Le suspect tourna à un angle et disparut, et lorsque Mulder l'imita, il se retrouva face à un bus dont les pneus crissèrent au moment même où il s'arrêtait pour éviter de l'écraser. Mulder croisa le regard interloqué du chauffeur.

Cette rue était plus passante, mais le trafic restait modéré. Mulder voyait le suspect devant lui qui courait avec l'aisance d'un marathonien ; Whitney qui se rapprochait rapidement : elle venait de passer à côté du bus qui avait freiné.

Mulder haletait, mais ne pensa pas à s'arrêter pour reprendre son souffle, même l'espace d'un bref instant – il voulait arrêter cet enfoiré. Ils se retrouvèrent sur un trottoir en pente et la course fut légèrement facilitée. Le suspect était peut-être un athlète, Mais il prit conscience en regardant par-dessus son épaule que son poursuivant n'abandonnerait pas.

Mulder ménagea cependant ses forces et suivit l'homme en traversant un carrefour où le trafic semblait se limiter principalement à des taxis, mais le nombre de véhicules était suffisant pour que l'ancien agent évite d'être imprudent. Le suspect, quant à lui, filait devant les voitures sans montrer le moindre signe de peur tandis que Mulder faillit passer sous un taxi mais réussit à l'éviter de justesse et ne fit que le frôler.

Le trafic se fit plus dense et le suspect s'engagea dans la file du milieu. Mulder le suivit, pantelant mais sans ralentir. Le fuyard vêtu de sa veste brune se trouvait à trois véhicules de distance devant lui. Il se sentait sûr de lui désormais. Puis cet enfoiré intrépide bondit subitement par-dessus une chaîne tendue entre deux poteaux, comme un coureur de haies, et Mulder fit de même quelques secondes plus tard en priant pour franchir l'obstacle sans encombre.

Le suspect emprunta une rue vivement éclairée, bouscula un piéton et traversa à un feu, puis il franchit une autre chaîne tendue entre deux poteaux de métal noirs et évita avec agilité un véhicule de la Brink's qui tournait dans la rue. Imperturbable, le fuyard longea un petit parking où les arbres scintillaient de guirlandes de Noël bleues qui n'avaient pas encore été retirées. Mulder aperçut un chantier devant eux.

Coupant à travers rue, le suspect entra dans un passage piéton en bois couvert tandis qu'un gros camion à plateau transportant un engin de chantier, un chargeur avec une benne à l'avant, s'engageait dans la rue. Mulder s'engouffra lui aussi dans le passage, ses pas firent trembler le plancher de bois, et le suspect regarda une nouvelle fois par-dessus son épaule. Mulder sourit intérieurement.

Pas aujourd'hui, pensa-t-il. *Tu ne t'enfuiras pas aujourd'hui…*

Au bout du passage couvert, le suspect coupa sur la gauche et ressortit dans la rue en suivant le gros camion qui avançait en cliquetant. Mulder quitta précipitamment le passage piéton, les oreilles résonnant au bruit d'un train de banlieue qui passait non loin.

Ils s'approchaient d'un chantier important où une tour d'habitation était en construction. Le suspect suivit le gros camion dans un sous-sol. Mulder ne lâcha pas sa proie et emprunta la même rampe qui le conduisit sur un site excavé seulement éclairé par la lueur des fers à souder.

Ce monde souterrain était auréolé de teintes bleutées et parcouru d'arcs électriques étincelants. Mulder, qui courait désormais sur du béton, comprit bientôt qu'il se trouvait dans un parking en construction parsemé d'échafaudages et de matériaux de construction, des bâches en plastique voletaient comme des fantômes paresseux. Mulder avait perdu la trace du suspect ; puis il l'aperçut derrière une camionnette blanche qui démarra.

Mulder se précipita vers lui en hurlant aux ouvriers :

— Hé ! hé ! arrêtez-le ! FBI : c'est un suspect ! Arrêtez-le !

Le suspect faillit être renversé par la camionnette blanche, qui fit une embardée pour l'éviter, et courut vers une zone enceinte d'un grillage. Il franchit une entrée surmontée des lettres « Porte B ». Mulder était à la traîne, mais le vit s'engouffrer par cette porte et continua sa course. Il ne savait pas que Whitney, qui pointait toujours son arme, arrivait enfin sur les lieux après avoir descendu la rampe qui accédait au site excavé.

Le suspect courait maintenant le long du grillage en évitant prestement les obstacles. Il semblait qu'ils étaient désormais dans une décharge improvisée et entourée d'un ruban rouge, un panneau « DANGER » à l'entrée. Le suspect s'arrêta dans un endroit dominé par des échafaudages et s'orienta, Mulder ayant disparu.

Puis l'homme repartit aussitôt et évita d'autres ouvriers, mais Mulder n'était pas loin et passa à côté des mêmes échafaudages – il trébucha cependant sur certains des débris qui jonchaient le sol et faillit tomber : *Merde !*

Ils s'étaient enfoncés au cœur de l'édifice en construction, des bâches en plastique, dégoulinantes d'eau sur toute leur longueur, et des échafaudages les environnaient. Mulder vit le suspect franchir une porte, le suivit et se retrouva au pied d'un escalier en ciment dans le futur garage souterrain.

— MULDER !

La voix de Whitney résonna derrière lui dans l'espace bétonné. Mulder entendit les pas lourds du fuyard au-dessus de sa tête.

— Il est en train de monter ! cria Mulder ; sa voix se répercuta elle aussi dans le garage.

Il gravit les marches et, lorsque le bruit des pas cessa, il émergea à l'étage supérieur, dans le bâtiment lui-même – ou du moins ce qu'il en existait pour le moment : toujours plus d'échafaudages et du matériel de construction au sein d'une structure squelettique.

La voix de Whitney retentit au pied de l'escalier :

— MULDER ! MULDER !

— JE SUIS EN HAUT ! lui cria-t-il.

Mulder aperçut une ombre mouvante derrière une bâche et se précipita, la franchit et se retrouva dans une zone légèrement humide et emplie de barres métalliques. Il entendit de nouveau des bruits de pas précipités et courut encore et encore en évitant les gravats et le matériel éparpillés, et traîtres, au sol. Il arriva soudain devant un rideau de plastique jaune, le franchit précipitamment et continua à suivre les bruits de pas.

Mulder vit alors le suspect. Ce dernier passa à côté d'un échafaudage, traversa le faisceau des lampes qui éclairaient le chantier et bondit par-dessus une grosse conduite, imitant de nouveau un coureur de haies. Mulder ne fit rien d'aussi fantaisiste : il se hissa par-dessus le tuyau.

Mulder atterrit dans une zone emplie de gravats et s'aperçut que l'enfoiré avait disparu ! Il s'arrêta, tendit l'oreille, puis se dirigea vers une porte derrière laquelle une échelle en acier était posée contre un mur.

Mulder y grimpa.

Il se retrouva sur le toit, qui n'était pas véritablement un toit. Tout autour de lui se dessinaient les tours d'habitation illuminées dont la construction était désormais achevée, et pas des chantiers en construction comme celui-ci. il s'agissait d'un toit provisoire qui deviendrait bientôt un étage. En lieu et place il y avait un treillis de barres métalliques où le ciment serait coulé afin de lui donner un aspect plus présentable.

Du matériel de construction, de l'équipement et des débris jonchaient le sol. Mulder s'arrêta et tendit l'oreille une fois encore, mais ne perçut que le souffle du vent frais. Le froid le ragaillardit cependant. Des panaches de buée s'échappaient de sa bouche. Il se sentait bien vivant.

Le suspect, qui s'était dissimulé quelque part, sortit brusquement de sa cachette en courant et bondit par-dessus quelque chose que Mulder ne vit pas.

Il le reprit en chasse et le vit sauter dans une fosse qui, lorsqu'il l'atteignit, se révéla être une cage d'ascenseur. Son fuyard était en bas et venait de se réceptionner brutalement sur une plate-forme en bois. Pensant qu'il avait fini par coincer le suspect, Mulder évalua le saut à faire lorsqu'il le vit bondir une nouvelle fois : il quitta la plate-forme et s'agrippa à la structure en acier de la cage d'ascenseur.

Et merde ! pensa Mulder.

Puis il sauta à son tour, se réceptionna violemment sur la plate-forme – il fut entravé par son manteau un court instant – et se releva tant bien que mal pour chercher l'homme du regard.

Le fuyard était en train de descendre une autre échelle métallique qui menait au pied de la cage d'ascenseur.

La voix de Whitney retentit quelque part en contrebas :

— *Mulder !*

— *Je descends !* cria-t-il.

Il n'eut pas le choix : il sauta de la plate-forme jusqu'à la structure en acier squelettique. Il marqua une pause pour reprendre son souffle, puis rejoignit l'échelle de métal et se mit à descendre.

L'agent spécial adjoint Dakota Whitney, qui se trouvait sous le toit provisoire, franchit le rideau de plastique jaune en se dirigeant vers la voix de Mulder. Un bruit la fit se retourner brusquement et son revolver suivit la silhouette du suspect qui s'enfuyait sur le sol couvert de gravats.

Elle baissa son arme – son angle de tir était trop mauvais – et s'élança à la suite du fuyard. Elle l'entendait courir, mais il devait se trouver au-dessus d'elle, peut-être sur un échafaudage. Elle entra dans une zone jonchée de ferraille et d'autres détritus similaires et s'arrêta, son arme levée, pour fouiller du regard cette coquille à moitié vide et sinistre.

Elle contourna un étai et aperçut une entrée sans porte barrée d'un ruban jaune.

Qu'est-ce que c'est ? pensa-t-elle. *Une scène de crime ?*

Whitney se pencha et réalisa qu'elle avait atteint la cage d'ascenseur. Elle recula d'un pas et se tourna vers leur suspect qui s'était faufilé dans son dos depuis l'étage supérieur. Il la poussa violemment dans la cage. L'agent spécial adjoint arracha le ruban jaune en tombant.

Fox Mulder, qui se tenait en surplomb sur l'échelle de métal, ne put rien faire d'autre que d'observer sa chute mortelle. Le cri de Whitney fut davantage un cri de surprise que de terreur.

12

Immeuble de bureaux des Arts médicaux
Richmond, Virginie
11 janvier

Pendant que Fox Mulder et l'agent spécial adjoint Whitney poursuivaient leur suspect, l'équipe du FBI qui se trouvait dans l'immeuble de bureaux médicaux récupéra la glacière abandonnée par Janke Dacyshyn sur le trottoir devant l'édifice.

L'agent spécial Drummy enfila des gants en latex, s'agenouilla et ouvrit la glacière avec précaution. Un sac-poubelle noir se trouvait à l'intérieur et il contenait quelque chose, une chose arrondie de la taille d'une boule de bowling légèrement plus allongée. Le sac n'était pas noué ou attaché et son contenu était facilement accessible, mais Drummy accomplit sa tâche avec soin, car il s'agissait d'une preuve.

Comme un enfant regardant timidement à l'intérieur d'une boîte qui pouvait abriter le cadeau tant attendu au moment de Noël, Drummy écarta le plastique pour regarder son contenu. L'agent ne s'émouvait pas facilement et avait presque tout vu au cours de ses quinze années de carrière.

Mais il n'avait encore jamais vu la tête coupée d'un agent du FBI, celle de Monica Bannan.

Hôpital Notre-Dame-des-Peines
Richmond, Virginie
12 janvier

Dana Scully, sa blouse blanche enfilée par-dessus un pull bleu-vert et un pantalon de flanelle gris, longeait le couloir en direction de son bureau lorsqu'elle vit une silhouette familière qui l'attendait à l'autre bout.

Mulder était là, les mains dans les poches de son manteau brun, et elle reconnut immédiatement son air abattu, son expression affligée.

Elle se faufila entre les médecins, les infirmières, les patients et les religieuses pour le rejoindre. Ils se déplacèrent sur un côté du couloir et se firent face comme seuls pouvaient le faire les amants.

— Je sais, lui dit-il d'un ton contrit. Tu préférerais que je reste éloigné.

Elle lui prit la main. Quelque chose s'adoucit sur son visage et il ferma les yeux.

— *Mulder, Mulder*…, lui souffla-t-elle.

Il paraissait épuisé dans tous les sens du terme – sur les plans physique, émotionnel et spirituel.

— Tout va bien, tu sais, lui murmura-t-elle gentiment. Tout va bien, Mulder.

Il lui décocha un petit sourire légèrement froissé.

— Je suppose que je suis un peu fatigué. Et très troublé. Comment avons-nous pu en *arriver* là ?…

Elle acquiesça, ses lèvres s'ourlèrent en une moue compréhensive.

— Et la *rapidité* aussi de tout ça. Tu as appris pour Dakota Whitney ? poursuivit-il.

— Je sais. On m'a raconté. (Son sourire était chaleureux, même si elle n'était pas persuadée qu'il puisse lui être d'un grand réconfort.) J'ai essayé de t'appeler…

— J'avais éteint mon portable. (Il secoua la tête.) Je l'avais presque, Scully. Le suspect, ce Janke quelque chose.

— Ils m'ont tout raconté. (Elle lui serra la main.) Cesse de te tourmenter.

— Comment avons-nous pu la *perdre* ?

Il baissa la tête. Scully savait que Mulder cachait sa peine derrière une façade calme, mais elle savait également qu'il souffrait, en grande partie parce qu'il s'en voulait pour ce qu'il devait considérer comme un échec.

— Monica Bannan est morte. (Il soupira et secoua de nouveau la tête.) Je croyais que nous étions en train de remporter l'affaire, Scully.

L'espace d'un moment étrange, elle considéra que ce « nous » était associé à Mulder et Whitney, et non pas à Mulder et Scully, et elle ressentit une pointe de jalousie absurde qui lui fit immédiatement honte.

— Je sais que tu le croyais, Mulder, lui répondit-elle en retirant sa main.

Leur contact rompu, ils revinrent brusquement à la dure réalité.

Mulder déglutit et brandit des documents roulés. Scully reconnut les photocopies des photos d'identité des suspects.

— Je suis ici pour voir le père Joe, lui dit-il. Pour lui poser des questions au sujet de ces hommes.

Une vague de déception submergea Scully.

— Tu veux encore croire en lui ?

Il se contenta de la regarder, mais elle comprit qu'elle avait raison. Elle secoua la tête en constatant l'ironie de la situation. Dire que c'était elle qui avait persuadé et incité Mulder à se lancer dans cette affaire…

Elle avait besoin de lui dire quelque chose et le fit d'une manière sèchement professionnelle :

— Il faut que je te dise qu'on lui a diagnostiqué une maladie incurable. Joseph Crissman est atteint d'un cancer avancé de la moelle osseuse.

Mulder plissa les paupières tandis qu'il assimilait cette nouvelle information. Puis son expression reprit son apparence apparemment calme et Scully ne douta pas de sa détermination.

— Je dois quand même lui parler, déclara Mulder. J'ai besoin d'être sûr.

Même si son opinion n'avait pas changé, Scully ne pouvait guère lui refuser cette dernière volonté.

— Il faut que tu saches qu'il n'est pas seulement un sale type, mais qu'il est aussi un menteur, c'est ça ? lui demanda-t-elle.

Il lui adressa un regard vide d'expression.

— D'accord, lui dit-elle en tendant la main vers les photocopies. Donne-moi ça. Et laisse-moi lui parler.

— C'est entendu, mais laisse-*moi* t'accompagner.

Elle opina du chef et s'éloigna, Mulder sur les talons.

Dans le pavillon d'oncologie, qu'il partageait avec d'autres patients et des infirmières qui s'activaient silencieusement, le père Joe semblait frêle et encore plus vieux dans son lit d'hôpital, comme si l'attaque dont Scully avait été le témoin lui avait volé plusieurs années d'existence. L'ancien prêtre paraissait endormi lorsque Scully et Mulder s'approchèrent de lui, mais il ouvrit les yeux lorsqu'ils se plantèrent finalement à côté de son lit.

— Père Joe, lui dit doucement Scully.

Le regard du père Joe était cependant ostensiblement rivé sur Mulder.

— Me croiriez-vous si je vous disais que j'étais en train de penser à vous ?

Mulder acquiesça aimablement comme si c'était la chose la plus naturelle au monde.

— J'ai eu une vision qui pourrait vous intéresser. (Il s'appuya sur un coude.) D'un homme. Qui parle une langue étrangère.

Mulder jeta un coup d'œil à Scully qui lui renvoya un regard dubitatif en retour.

Puis Scully déroula une des photocopies et la montra au patient.

— Pourrait-il s'agir de *cet* homme ?

Le regard du père Joe s'illumina lorsqu'il vit les traits anguleux de Janke Dacyshyn.

— *Oui !* C'est bien lui…

Quand finira-il de jouer la comédie ? se dit-elle.

— Comment pouviez-vous le savoir ? demanda le père.

— Nous pensons que cet individu a enlevé

Monica Bannan, l'agent du FBI… ainsi que Cheryl Cunningham, la deuxième femme que vous dites avoir vue. Il est possible également qu'il en ait enlevé d'autres. Et il a été aidé par *cet* autre homme…

Elle montra à l'ancien prêtre la photo du propriétaire de la Société de transport d'organes, Franz Tomczeszyn.

Le père Joe l'étudia un long moment avec une intensité et une attention qui auraient pu faire rire Scully si l'affaire n'avait pas été si tragique.

— Je suis désolé. Je ne le connais pas, finit par répondre l'ancien prêtre.

Même si son mensonge manifeste donnait raison à Scully, elle ne ressentit aucun sentiment de victoire et éprouva même encore plus de peine pour Mulder. Celui-ci lui jeta un coup d'œil en remarquant son impatience.

— Vous êtes *sûr*? lui demanda Mulder. Pas forcément dans vos visions, mais peut-être au cours de votre vie… ?

— Je suis tout à fait certain de ne pas connaître cet individu, répondit le père Joe en secouant la tête.

Mulder regarda l'ancien prêtre : il avait apparemment espéré que ce dernier lui répondrait en toute franchise.

Désireuse de mettre fin à cette mascarade, Scully lui lança sèchement :

— Pour ma part, je suis tout à fait certaine que vous le connaissez. (Le père Joe se tourna vers Scully, le visage empreint d'une confusion manifeste.) En fait, poursuivit Scully avec un petit sourire narquois, vous l'avez connu lorsqu'il était enfant. Un enfant de chœur ?

Les yeux toujours posés sur Scully, le prêtre les écarquilla et les baissa sur la photocopie qu'elle tenait toujours devant elle.

— Oh non ! déclara le père Joe. Oh non !... mon Dieu ! *non*...

L'ancien prêtre arracha la photocopie des mains de Scully et la regarda, bouche bée. Les larmes lui montèrent aux yeux et il trembla, subitement submergé par un flot d'émotions.

— Ce n'est pas possible... Je n'arrive pas à croire ce qui se passe...

— Comme tout le monde, répliqua Scully, impassible.

Le père Joe foudroya Scully du regard à travers ses larmes, mais elle ne ressentit aucune compassion pour lui, pour ses mensonges, ses foutus mensonges...

L'ancien prêtre prit alors la parole d'une voix douce et tremblante, mais pourtant ferme :

— Ça doit être *lui* mon lien avec la fille... Mes visions étaient destinées à la *sauver* de ses griffes à *lui*...

Scully n'essaya même pas de dissimuler son mépris à l'égard de l'ancien prêtre qui reporta son attention sur Mulder.

— Vous devez me croire, mon fils. C'est l'œuvre de Dieu. L'œuvre de Dieu...

Mulder cherchait quelque chose à répondre et Scully le devança.

— Laissez-moi vous poser une question, mon père. Une simple et dernière question. Est-elle toujours en vie ? Cette femme que vous voyez, l'agent du FBI, Monica Bannan. Est-elle toujours en vie ?

L'homme couché dans le lit déglutit. Il semblait sentir le piège qu'elle lui avait tendu.

Allez, père Joe, pensa Scully. *Vous avez une chance sur deux... c'est simple...*

— Je ressens sa présence, répondit l'ancien prêtre. Oui. Elle est toujours en vie.

Finalement, Scully se tourna d'un air suffisant vers Mulder, comme pour lui dire : *De quelles autres preuves as-tu besoin ?*

Mulder acquiesça à peine et quitta le pavillon sans rien ajouter.

Un instant plus tard, dans le couloir, elle tenta de le rattraper alors qu'il se dirigeait vers la sortie.

— Mulder !

Il lui jeta un regard par-dessus son épaule, mais ne s'arrêta pas.

Elle parvint à le rejoindre et lui demanda :

— Où vas-tu ? *Mulder*...

Il s'arrêta.

Il se tourna pour la regarder et lui parla d'une voix douce, mais sur un ton inflexible et catégorique :

— Il parlait peut-être de l'autre femme, Scully. Tu sais aussi bien que moi qu'un médium peut se montrer imprécis au sujet de ces choses-là. La seconde victime est peut-être toujours en *vie*.

— Mulder...

— Tout le monde a abandonné, mais si elle était encore en vie ? Je vais la retrouver.

Elle acquiesça. Elle comprenait. De la disparition

de sa sœur au renouveau de sa résolution depuis quelques jours, et toutes les autres choses dans l'intervalle, elle comprenait tout.

Il pencha la tête et la jaugea en se demandant peut-être si elle était en train de le traiter avec condescendance.

— Tu penses que je ne comprends pas, mais c'est faux, lui dit-elle.

Il hocha la tête à son tour. Il comprenait lui aussi et semblait percevoir la tristesse dans sa voix.

— C'est la raison pour laquelle je suis tombée amoureuse de toi, lui dit-elle.

— Et, ajouta-t-il avec quelques difficultés pour poursuivre, la raison pour laquelle on ne peut pas être ensemble.

Elle voulut le toucher de la main pour l'assurer de son amour inconditionnel et lui dire qu'elle avait changé d'avis, mais c'était trop tard. Mulder avait déjà tourné les talons pour la laisser seule dans le couloir animé de l'hôpital.

Seule avec un sentiment de vide infini.

L'enceinte
La campagne virginienne
12 janvier

Le rideau de plastique qui séparait le chenil de la pièce où les médecins œuvraient était suffisamment écarté pour que Cheryl Cunningham, accroupie face à un des trous percés dans sa cage en bois, puisse distinguer une part de l'activité qui y régnait.

L'autre prisonnier qu'elle avait aperçu – elle ne savait pas s'il était un de leurs patients ou une sorte de cobaye – était couché sur un lit à roulettes, le corps tout entier, à l'exception de sa tête, recouvert d'une couverture. L'homme dont les traits anguleux étaient adoucis par des yeux clairs féminins était visiblement très malade, son teint était blafard et son souffle court.

Le ravisseur effrayant aux cheveux fins, qu'elle avait pris pour Raspoutine vêtu d'un tee-shirt et d'un jean noir, tempêtait et criait – dans une langue qu'elle considérait désormais comme du russe – après le vieux médecin émacié et habillé de sa blouse médicale. Elle ne pouvait pas savoir pourquoi Raspoutine était si énervé et ne savait pas non plus précisément à quoi servait cette salle où les médecins travaillaient dans une débauche de matériel médical et de lumières vives.

Il semblait qu'ils se querellaient au sujet de l'homme malade, Raspoutine faisait de grands gestes en direction du patient, sa colère était perceptible ainsi que bien d'autres émotions qu'elle ne parvenait pas à définir avec précision. De l'inquiétude ? De la peur ? Raspoutine pouvait-il craindre quoi que ce soit ?

Malgré son attitude d'ordinaire bienveillante, le grand médecin au physique malingre tenait tête à Raspoutine et participait de son mieux à la dispute passionnée. Les deux autres, l'homme et la femme en blanc, restaient à distance et écoutaient attentivement.

C'est alors que Cheryl Cunningham vit quelque chose qui la convainquit de sa folie ou du fait qu'elle se trouvait en enfer.

Pendant la querelle, Raspoutine souleva la couverture qui recouvrait l'homme sur le lit à roulettes afin de montrer son corps, probablement pour souligner ses dires, mais ce qui apparut ne sembla pas du tout être le corps d'un homme !

Puis la couverture reprit sa place, ne laissant dépasser que la tête du patient, et Cheryl se demanda si elle avait été droguée et si elle était en proie à des hallucinations : venait-elle de voir, sous une robe comme la sienne, le corps d'une femme fixé à la tête d'un homme ?

Aussi rapidement qu'elle avait commencé, la dispute cessa et Raspoutine quitta la salle à grands pas. Il passa devant les deux assistants et franchit le rideau en plastique. Puis elle entendit le grand médecin lancer des ordres stricts en russe à ses aides, ces derniers se mettant rapidement en action.

Ils venaient vers elle !

Cheryl recula tandis que l'homme et la femme en

blanc avançaient à grands pas vers sa caisse en bois. Ils la déverrouillèrent rapidement et tendirent les bras vers elle.

Elle hurla lorsqu'ils l'extirpèrent de la cage.

La campagne virginienne
12 janvier

Comme un homme marchant dans son sommeil, Fox Mulder avançait en traînant les pieds sur le sol enneigé, ses bottes s'enfonçant à chaque pas, pendant qu'il revenait vers... quoi ? La scène du crime ? Le père Joe avait guidé Mulder et le FBI en ce lieu désolé deux fois de suite et chaque fois pour déterrer des morceaux de corps humains.

Même s'il ne savait pas quoi, il cherchait quelque chose. Il fut de nouveau attiré par le site où le bloc de glace avait été extrait de ce paysage glacial et transporté jusque dans un laboratoire de police scientifique, où des membres tranchés et des poitrines en partie découpées en avaient été retirés de façon bien macabre. La seule chose désormais visible était la fosse imprimée dans la terre et délimitée par des piquets de géomètre et, oui, du ruban d'une scène de crime.

Mulder s'arrêta pour la contempler comme s'il visitait un lieu de pèlerinage en ayant perdu la foi et espérait peut-être la retrouver en venant là. Ses mains gantées plongées dans les poches de son manteau, son souffle projetant des panaches de buée, il fit volte-face et observa les alentours. Son regard tomba sur une petite colline qui surplombait le site.

Il n'aurait pas pu expliquer de façon rationnelle pourquoi il décida d'aller examiner le sommet de cette colline, mais il eut une confirmation en arrivant en haut. Lorsqu'il regarda dans l'autre direction, il aperçut une petite route toute proche. Peut-être s'agissait-il d'une intuition ou peut-être était-ce la seule route de campagne dans cette zone rurale de la Virginie que lui et le FBI *n'avaient pas* empruntée.

Quelle qu'en soit la raison, rationnelle ou non, Mulder se retrouva bientôt à rouler sur cette route à bord de la Taurus blanche. La tâche se révéla des plus ardues, car la voie n'avait pas été déneigée depuis la dernière chute de neige, et il suivit des ornières imprimées à cet endroit par des véhicules à roues motrices plus résistants. Même s'il faisait encore jour, le soleil était caché derrière les nuages, sa vue fut gênée par une nouvelle chute de neige. Il actionna les essuie-glaces, mais ces derniers, comme le véhicule lui-même, étaient employés au-delà de leur capacité normale et Mulder serait chanceux s'il ne se retrouvait pas bloqué au milieu de nulle part.

La petite route traversa une zone boisée, puis une clairière, et Mulder fut soulagé de rejoindre une voie bien entretenue et déneigée. Il dut choisir entre aller à droite ou à gauche et, son instinct ne lui dictant rien, il se décida finalement pour la gauche. Sans la moindre idée de l'endroit où il se trouvait, il suivit la route au milieu de la neige qui ne cessait de tomber et atteignit une petite ville de campagne.

Il ralentit et roula lentement dans les rues récemment déneigées, traversant la petite ville fantôme, ou presque, dont les vieux édifices trapus étaient pour la plupart dépourvus d'éclairage. Il croisa quelques rares voitures sur les deux voies de ce qui lui semblait être la rue principale. Mulder avait presque atteint la sortie de cette ville quasi abandonnée lorsqu'il aperçut un vieux bâtiment à la large façade et orné de l'enseigne suivante : « Chez Nutter : nourriture et aliments pour animaux ».

La nuit tombait. L'heure de fermeture de la boutique devait être proche, car on voyait un homme robuste vêtu d'une chemise écossaise bleue à travers la vitre : il fermait apparemment la porte d'entrée.

Mulder s'arrêta cependant et frappa bientôt à la devanture jusqu'à ce que le même homme apparaisse tel un Don Rickles [1] rural avec sa tête ronde et chauve et son regard louche. Il ouvrit la porte à demi.

— On est fermés, déclara-t-il.

Il n'était pas aussi méchant que Rickles, mais n'était pas non plus extrêmement chaleureux.

— Je suis désolé de vous déranger.

Le commerçant regarda la Taurus stationnée derrière Mulder et lui dit :

— Si tu conduis avec ce genre de voiture au milieu de cette neige, mon gars, tu ferais bien de ne pas traîner dans le coin.

— J'ai seulement besoin d'un peu de votre temps.

— Alors, tu ferais bien de rentrer. Laissons le froid là où il est.

Il recula et laissa la porte entrouverte pour que son client de dernière minute puisse entrer et Mulder la referma derrière lui. Il suivit l'homme, vêtu d'un jean et d'une chemise écossaise bleue, le long des

1. Comédien américain spécialisé dans le stand-up et dans la comédie d'insultes adressées au public. (*NdT*)

rayonnages de produits animaliers jusqu'à un vieux comptoir en bois sur lequel étaient posés des balances alimentaires et d'autres matériels à l'aspect ésotérique qui semblaient prêts pour *The Antiques Roadshow* [1].

Il dut s'arrêter là, car l'homme passa rapidement derrière le comptoir et disparut dans un bureau que Mulder ne pouvait pas voir.

Le commerçant lui lança :

— T'as besoin de quoi, mon gars ?

— Je me demandais si vous auriez un tranquillisant pour animaux qui porte le nom d'acépromazine…

— Pour sûr. (Il réapparut avec un tas de documents à la main. Il avait l'air sceptique.) Mais il te faut bien évidemment une ordonnance.

— Je n'en ai pas.

— Alors je ne peux pas t'en vendre.

Mulder tendit la main vers sa poche arrière et le propriétaire, qui pensait peut-être que ce client allait tenter de le soudoyer, le dévisagea avec une expression mêlant méfiance et impatience, un mélange que ses balances n'avaient pas besoin de peser.

— Attends, mon gars…

— Je ne suis pas là pour en acheter, répondit Mulder. Je voudrais juste savoir si vous avez déjà vendu ce tranquillisant à *cet* homme.

Mulder sortit la photocopie pliée de la photo d'identité de Janke Dacyshyn et la tendit au commer-

---

1. Émission de télévision britannique dans laquelle des antiquaires parcourent le pays et estiment la valeur d'objets anciens. (*NdT*)

çant qui s'apprêta à la regarder lorsque le téléphone se mit à sonner dans le bureau.

— Bon sang! lança l'homme sur un ton plutôt bon enfant en s'éclipsant pour répondre, je ne vais jamais pouvoir partir de là...

Mulder attendit le retour du propriétaire. Il entendit l'homme parler, mais ne parvint pas à distinguer ses paroles. Pour passer le temps, il se tourna et vit des phares percer le crépuscule par-delà la devanture; un gros véhicule s'arrêta devant le magasin et Mulder s'avança nonchalamment pour l'observer.

Il vit un vieux pick-up 750 équipé d'une lame à l'avant pour le déneigement. Le conducteur coupa le moteur de son véhicule et sortit de la cabine: c'était le suspect qui lui avait échappé sur le chantier.

Janke Dacyshyn lui-même.

Lorsque Tom Gibbons, le propriétaire de « Chez Nutter: nourriture et aliments pour animaux », sortit de son bureau, il découvrit que le jeune étranger avait disparu et qu'un autre client avait pris sa place, un client à qui il avait déjà eu affaire, un grand gars aux cheveux bruns et au visage aussi chaleureux que celui d'un pitbull.

— Qu'est-il arrivé à l'autre? demanda Gibbons à son nouveau client.

— Qui ça?

— Le gars qui se trouvait là!

Mais l'étranger avait complètement disparu.

Janke Dacyshyn, qui s'en foutait royalement, haussa simplement les épaules et passa sa commande.

Quelques minutes plus tard, après avoir chargé

plusieurs sacs de matériel à l'arrière du véhicule, le Russe remonta dans la cabine et s'éloigna dans le crépuscule neigeux que la nuit allait bientôt remplacer. Il n'avait pas remarqué que la Ford blanche qui était stationnée devant le magasin, lorsqu'il était arrivé, n'était plus là.

Et peu de temps après que le chasse-neige eut quitté le magasin, Mulder, au volant de sa Taurus, sortit d'une ruelle et le suivit de loin.

Cette fois-ci, cet enfoiré ne lui échapperait pas.

13

Hôpital Notre-Dame-des-Peines
Richmond, Virginie
12 janvier

Perdue dans une attente qui se révélait presque douloureuse, Dana Scully avançait dans le couloir comme en transe. Le père Ybarra la croisa à l'intersection d'un autre couloir et lui jeta un coup d'œil rapide et réprobateur, puis disparut aussitôt. En dépit de leurs sourires et de leurs petits signes de tête, les deux infirmières qu'elle aperçut lui parurent flotter à côté d'elle et Scully eut l'impression que la réalité avait pris un aspect onirique.

Mais elle revint brusquement à cette même réalité lorsqu'elle regarda au bout du couloir, où la porte de la chambre de Christian Fearon était ouverte, et vit le père Joe, vêtu de sa blouse d'hôpital, les pieds nus, au chevet du garçon ; il tournait le dos à Scully et était penché au-dessus de l'enfant.

Après son brusque arrêt, Scully s'élança en courant dans le couloir, cette image dérangeante se faisant encore plus tangible, et ce n'était pas un rêve, mais un cauchemar peut-être trop réel : l'ancien prêtre scrutait le garçon, la main levée comme pour le bénir, mais peut-être pour faire une tout autre chose, une chose abjecte…

Scully, emplie d'une rage meurtrière, entra en trombe dans la chambre.

— Ne l'approchez *pas* ! Allez-vous-en SUR-LE-CHAMP !

En se rapprochant, elle fut soulagée de constater que le père Joe caressait simplement le front du garçon et que l'enfant frêle à la tête rasée et bandée regardait le prêtre en souriant. Scully agrippa néanmoins le père Joe et le tira en arrière.

— Sortez de là ! SORTEZ DE LÀ !

Le père Joe se tourna vers elle : c'est *lui* maintenant qui semblait être en état de transe ou du moins faisait semblant de l'être.

— J'étais…, commença-t-il.

— Espèce de sale enfoiré, murmura Scully avec méchanceté. (Sa lèvre supérieure s'ourla en un rictus féroce.) Espèce de sale MALADE…

L'ancien prêtre secoua la tête. Il avait plus l'air d'une victime que d'un coupable.

— Non… non, vous ne comprenez pas… J'étais juste en train de…

— *Non*, l'interrompit-elle. Je ne veux pas vous entendre parler.

Elle voulait l'entraîner hors de la chambre et le frapper jusqu'à ce qu'il sombre dans l'inconscience. Mais une petite foule s'était rassemblée dans le couloir, des infirmières, des religieuses et des patients, et Scully abandonna cette idée.

Dans son lit, le garçon souriait doucement. Il ressemblait à un oisillon tombé du nid.

— C'est bon, docteur Scully. Il n'a rien fait de mal. Il est gentil. Triste… mais gentil.

Sa voix angélique avait fait retomber la tension, mais Scully sentait encore la rage qui l'avait submergée tandis que le père Joe se tenait devant elle, aussi muet qu'une statue, visiblement abasourdi par l'accès de colère de la jeune femme.

— Ce garçon est votre patient…, déclara lentement l'ancien prêtre.

Était-ce une question ? Une déclaration ? Scully le dévisagea, tellement perplexe qu'elle en oublia sa colère.

— *Qui* vous l'a dit ? lui demanda-t-elle d'un ton autoritaire.

— Personne, répondit-il avec un petit haussement d'épaules.

— Alors bon sang! *que* faites-vous dans cette chambre ?

— Je suis déjà venu là…

Elle regarda le garçon.

— Cet homme t'a déjà rendu visite auparavant, Christian ?

— Non, docteur Scully.

Elle se retourna brusquement vers le père Joe.

— Vous n'êtes *jamais* venu là. Alors ne dites pas que…

— Je suis *déjà* venu ici avant.

— Pardon ?

La simplicité et l'assurance de ses paroles furent presque suffisantes pour la convaincre de sa sincérité, mais elle était encore trop furieuse pour le considérer autrement que comme un charlatan et un délinquant sexuel.

— Ici, dans cette chambre, déclara le père Joe. (Sa voix était étrange, son regard impassible, comme s'il comprenait enfin.) Vous et cet enfant. C'est déjà arrivé. Tout ça s'est déjà produit *avant*...

Scully avait la tête qui tournait et elle resta plantée là sans pouvoir dire un mot.

Bon sang! qu'est-ce qu'il veut dire par là? se demanda-t-elle.

Mais aucune parole ne franchit ses lèvres pour le mettre au défi. Elle n'avait toujours pas bougé, le regard perdu dans le vide, lorsque deux gardes chargés de la sécurité de l'hôpital entrèrent dans la chambre et l'entourèrent comme pour la protéger.

Elle leur jeta un coup d'œil et les deux hommes en tenue la contournèrent pour rejoindre le père. Elle savait qu'elle aurait dû rester et parler à Christian, mais elle était trop ébranlée pour le faire en cet instant précis ; et elle avait presque rejoint la porte lorsque le père Joe, les gardes l'agrippant par les bras, lui lança :

— Vous avez abandonné, n'est-ce pas ? Vous avez *abandonné*.

Elle se retourna. S'arrêta net et regarda les yeux du père Joe, des yeux qui brûlaient maintenant d'une belle intensité, d'une ferveur religieuse qui la secoua jusqu'au plus profond d'elle-même.

— Vous ne *pouvez pas* abandonner, lui dit-il sévèrement.

Choquée, abasourdie, Scully tourna les talons et franchit la porte comme si elle venait d'être catapultée par les paroles de l'ancien prêtre.

La campagne virginienne
12 janvier

Fox Mulder, qui guidait la Taurus blanche sur une route à deux voies dégagée au milieu des chutes de neige et de l'obscurité, apercevait le chasse-neige au loin devant lui. Au cours de sa carrière au FBI, la filature de véhicules n'avait jamais vraiment été sa spécialité, mais il sentait qu'il s'en sortait bien : les feux stop du chasse-neige lui semblaient être à une distance suffisante.

Il roulait plutôt vite, sans chaîne ni même pneu neige d'ailleurs, et il avait éteint ses phares. Le véhicule du suspect filait à toute allure et sa vitesse était impressionnante compte tenu des conditions.

Cela faisait un moment que Mulder suivait le véhicule et il se sentait confiant ; il tendit la main pour prendre son téléphone, les yeux rivés sur la route. Il vit l'imposant pick-up prendre un virage serré avec une facilité déconcertante et disparaître de son champ de vision.

Au moment de s'engager lui aussi dans le même virage, alors qu'il était occupé à sélectionner le numéro favori qu'il souhaitait composer, il se retrouva face au chasse-neige !… arrêté au milieu de la route, juste devant lui.

Mulder fit une embardée, freina brutalement et perdit le contrôle de la Taurus.

Avec une force terrible et brutale, sa voiture percuta le chasse-neige de biais, elle le cabossa cependant à peine, et carambola avant de glisser en direction d'un talus enneigé dans lequel elle se planta abruptement, le choc enclenchant les airbags.

L'airbag conducteur finit par se dégonfler, Mulder était comme abasourdi derrière son volant, et il faillit s'évanouir. Il savait que s'il cédait à l'étourdissement, il se retrouverait dans un endroit obscur d'où il pourrait très bien ne jamais revenir. Malgré son hébétude, il lutta pour éviter de défaillir et ne vit pas le chasse-neige qui se dirigeait vers lui et sa voiture.

Mais lorsque l'imposant véhicule percuta la Taurus, Mulder se réveilla comme si la sonnerie d'un réveille-matin avait retenti dans ses oreilles. Sonné, il regarda par la vitre du côté passager et vit l'expression renfrognée de Janke Dacyshyn à travers le pare-brise du pick-up : l'avant du chasse-neige poussa et écrasa le côté droit de la Taurus, l'enfonçant davantage dans le talus enneigé.

Mulder avait recouvré suffisamment ses esprits pour réaliser ce qui se passait et il essaya de sortir par la portière conducteur, mais la neige entassée sur le talus, et comprimée par la pression du chasse-neige, ne lui permit pas de l'ouvrir, même en forçant. Désespéré, il tenta de baisser la vitre et, si incroyable que cela puisse paraître, il y parvint ! La neige entassée contre la vitre commença à se retirer, mais le soulagement subit de Mulder fut de courte durée : la neige se dégageait peu à peu en tombant non parce que la petite voiture ne touchait plus de congère, mais parce qu'elle avait franchi le talus.

La Taurus était poussée au-delà du remblai.

À l'intérieur du véhicule, qui allait rapidement devenir un cercueil, Mulder ne vit pas le pire de la situation : le talus était abrupt et tombait en pente raide jusqu'au lit d'un petit cours d'eau gelé. Il sentit *cependant* la pression constante exercée par le chasse-neige contre sa voiture plus petite. La force supérieure et délibérée finit par faire basculer la Taurus…

Mulder resta conscient tandis que la voiture faisait plusieurs tonneaux. Ses oreilles furent emplies du fracas et de la violence des chocs et lorsque la petite voiture percuta finalement le sol gelé en produisant un craquement métallique sinistre, l'impact lui fit perdre connaissance, car il n'y avait plus d'airbag pour le protéger.

En surplomb, le chasse-neige dont les phares perçaient l'obscurité fit marche arrière puis repartit sur la route solitaire. L'homme abandonna le véhicule accidenté, car la probabilité que quelqu'un puisse le découvrir était aussi mince que les chances de survie de son conducteur.

Hôpital Notre-Dame-des-Peines
Richmond, Virginie
12 janvier

Dana Scully, encore ébranlée par l'étrange discussion avec le père Joe dans la chambre de son jeune patient, entra dans la pénombre bienveillante de son bureau et ferma la porte derrière elle. Puis elle s'y appuya un instant pour rassembler ses esprits.

Elle se dirigea finalement vers son bureau, alluma la lampe et s'assit devant son ordinateur. Elle saisit son mot de passe d'une main et se frotta les yeux de l'autre, puis attendit patiemment que son écran s'illumine.

Distraitement, elle tendit la main vers les documents imprimés quelque temps plus tôt ; les feuilles étaient empilées au hasard et elle prit son temps pour les ranger. Se faisant, un dossier, attaché avec un trombone, tomba au sol. Elle se pencha pour le ramasser et le posa soigneusement sur sa pile bien rangée ; un titre en caractères gras attira son attention :

« THÉRAPIE DE CELLULES SOUCHES : PROCÉDURE DE TRANSPLANTATION RUSSE »

La photo d'un médecin et d'un chien apparaissait juste en dessous du titre.

Elle fronça les sourcils en regardant le document, puis feuilleta le dossier et s'arrêta sur une autre photo qui la surprit, de nouveau celle d'un médecin et d'un chien. Mais ce chien était particulier.

Ce chien avait deux têtes.

Elle contempla cette photo un bon moment, atterrée ; puis elle quitta son siège, comme propulsée, et fouilla dans la poche de sa blouse blanche à la recherche de son téléphone portable. Elle sortit en trombe de son bureau en composant un de ses numéros favoris.

Tandis qu'elle avançait dans le couloir, son téléphone à l'oreille, elle entendit la voix de Mulder : *« Je dois être occupé. Laissez-moi un message. »*

— Merde ! lança-t-elle.

Elle attendit la fin des instructions de la boîte vocale de Mulder et dit :

— Mulder ! Il faut que je te parle. Tu dois me rappeler dès que tu auras ce message. Crois-le ou non, cet agent du FBI est en vie, du moins une part d'elle.

Washington, D.C.
Bâtiment J. Edgar Hoover
12 janvier

Dans la salle de conférences transformée en centre d'opérations provisoire, une poignée d'agents du FBI continuait à travailler sur l'affaire, mais le tourbillon d'activité avait cessé. L'agent Monica Bannan était morte, ainsi que l'agent spécial adjoint Dakota Whitney. Désormais hospitalisé, le père Joe Crissman, dont le lien avait été établi avec Franz Tomczeszyn, un vendeur d'organes clandestin présumé, leur fournissait leur piste actuelle, plus limitée.

Le téléphone fixe qui sonna fut décroché par l'agent spécial qui dirigeait l'enquête, Fossa elle-même, la femme aux cheveux bruns, à l'apparence professionnelle et à l'air désapprobateur que Fox Mulder et Dana Scully avaient remarquée lors de leur première visite dans cette salle, mais avec qui ils n'avaient jamais véritablement parlé.

Elle le fit cependant, très brièvement, en répondant à Dana Scully. Mais elle ne prit pas l'appel. Elle lança à Drummy, qui était assis à proximité, face à son ordinateur portable :

— C'est pour toi.

Drummy avança, se présenta et entendit une voix féminine lui dire :

— Mulder a disparu et j'ai besoin de votre aide. Je viens d'avoir un appel de lui il y a à peine une minute et je l'ai entendu hurler juste avant que la ligne soit coupée.

— C'est le docteur Scully ?

Tandis que Drummy répondait au téléphone, l'agent spécial chargé de l'enquête, Fossa, resta à ses côtés et arqua un sourcil.

— Oui, répondit impatiemment Scully. C'est bien le docteur Scully. Voilà, c'est…

— Calmez-vous deux secondes et dites-moi précisément quel est votre problème.

— Je n'arrive pas à joindre Mulder.

— Où est-il ?

— Est-ce que je vous appellerais si je le savais ?!

— Attendez un instant. (Drummy regarda l'agent spécial Fossa qui s'était suffisamment approchée pour entendre toute la conversation ; et cette dernière secoua la tête. Drummy poussa un soupir et reprit le fil de la conversation.) Docteur Scully, je vais vous demander d'appeler la police.

— Pardon ?

— Cela ne concerne pas le FBI.

— Mais il est quelque part dans la nature en train de bosser sur *votre* affaire !

— Il a fait tout ce pour quoi on l'avait engagé. Nous n'avons plus besoin de son expertise.

— C'est vous qui l'avez fait *venir* ! C'est *vous* qui lui avez demandé son *aide*…

— Ce n'était pas vraiment un choix de ma part.

— Non, c'était celui de Whitney. Et elle est morte en poursuivant votre suspect avec Mulder.

— Vous n'avez pas besoin de me le rappeler.

— Écoutez-moi… J'ai besoin de votre *aide* !

Drummy serra les dents : elle avait raison et ils lui

devaient bien ça. Mais son chef, l'agent spécial chargé de l'enquête, Fossa, l'observait avec un regard aussi glacial qu'impassible.

— Je suis désolé, mais je ne peux pas vous aider, s'entendit-il lui répondre.

— Alors pourquoi ne me passez-vous pas quelqu'un qui aura les *couilles* de le *faire* ?!

Il lui raccrocha au nez… même s'il savait foutrement bien qu'elle avait raison.

Mais il savait également que celle avec les « couilles », Fossa elle-même, n'aurait pas apporté plus d'aide à Dana Scully que Drummy avait été capable de le faire.

Hôpital Notre-Dame-des-Peines
Richmond, Virginie
12 janvier

Dans le couloir d'hôpital dans lequel elle avançait précipitamment, Dana Scully s'attira quelques regards désapprobateurs tandis qu'elle insultait son téléphone portable. Sans s'arrêter, elle composa un numéro qui ne faisait plus partie de ses favoris, mais qu'elle n'avait pas oublié.

— Bureau fédéral d'investigation, lui répondit la voix d'une standardiste.

— Passez-moi le directeur adjoint, déclara Scully sans ralentir.

— Qui dois-je annoncer ?

— L'ancien agent Dana Scully.

Puis la nouvelle voix qui lui répondit fut celle de Walter Skinner.

14

La campagne virginienne
12 janvier

En dépit de l'obscurité de ce début de soirée, Tom Gibbons, le propriétaire de « Chez Nutter : nourriture et aliments pour animaux », en route vers la ferme où il vivait, aperçut un espace dans le talus qui ne semblait pas être l'œuvre de Dame Nature, tout comme les traces de pneus imprimées dans la neige sur le bas-côté. Ces récentes ornières indiquaient qu'une voiture avait dérapé et percuté le talus – et Gibbons connaissait suffisamment bien cette région pour savoir que la pente était abrupte de l'autre côté.

Le grand homme chauve, vêtu d'une veste rembourrée, d'une chemise écossaise et d'un blue-jean, descendit de son pick-up, se dirigea en traînant les pieds vers l'accotement et franchit la brèche que la voiture accidentée avait créée. Puis il regarda en contrebas, vers le lit du cours d'eau, où cette même voiture se révéla être la Ford blanche de ce crétin de la ville qui s'était arrêté dans sa boutique pour lui poser une question… et qui avait aussitôt disparu.

Gibbons secoua la tête. N'avait-il pas averti cet

individu des risques qu'il encourait s'il roulait dans ces conditions ?

De retour dans son véhicule, Gibbons utilisa son téléphone portable.

— Jim ? Ouais, c'est Tom. J'suis sur la 154 et j'viens de voir le cul de la voiture d'un type qui a fait le grand saut. Ce qui a probablement tué ce pov' mec.

Gibbons ne pouvait pas savoir que plusieurs minutes avant sa découverte, le « pov' mec » qui conduisait cette voiture était non seulement en vie, mais qu'il essayait en outre de le rester.

En se réveillant, Fox Mulder avait découvert qu'il était suspendu à l'envers, par sa ceinture de sécurité, dans sa voiture retournée. Il avait essayé de se libérer et y était finalement parvenu en tombant sur le plafond de son véhicule.

Mulder semblait prisonnier de sa voiture à moitié enfouie dans la neige, mais il tenta immédiatement de s'en extirper… en passant par la vitre du côté conducteur qu'il avait baissée avant l'accident.

Finalement, après avoir gratté la neige avec ses mains gantées pour recouvrer la liberté, il parvint à sortir comme un rongeur au milieu d'un tapis de neige et prit une goulée d'air froid. La première chose qu'il vit en surplomb fut les phares d'un véhicule qui appartenait au propriétaire du magasin animalier – mais Mulder ne pouvait bien évidemment pas le savoir.

— HÉ ! cria Mulder.

Il s'était relevé et avança sous sa petite voiture retournée pour atteindre la berge du cours d'eau. Puis il aperçut un semblant de voie escarpée qui remontait vers la route – l'ascension nécessiterait cependant un certain temps. Il cria de nouveau « Hé ! » au moment même où les phares disparurent.

Le visage ensanglanté, Mulder resta planté dans le noir et dans le froid et réfléchit aux options qui se présentaient. Il tapota son manteau à la recherche de son téléphone, mais ce dernier devait être quelque part dans la voiture et il n'avait pas la moindre envie de redescendre dans la neige pour le retrouver. Que pouvait-il faire d'autre à part gravir cette paroi verticale ?

Il commença son escalade et s'aida des branches qui dépassaient de la neige pour grimper ; certaines d'entre elles se cassèrent, mais il poursuivit son ascension en direction de la route en surplomb.

Pendant que Mulder escaladait l'à-pic, le Russe roulait à toute vitesse à bord de son chasse-neige, le conducteur ressentant une certaine fierté : il avait réussi à se débarrasser de cet agent du FBI (car pour Janke Dacyshyn, qui était tombé sur le FBI au moment où ses agents fouillaient les bureaux de la Société de transport d'organes, Mulder en faisait assurément partie). Le Russe prit un virage serré, quitta la route de gravillon et guida le vieux pick-up 750 sur un chemin non entretenu qui traversait des bois tapissés de blanc.

Le chasse-neige allait devoir dégager la voie, mais cela ne lui posa aucun problème et la lame avant du véhicule commença son travail en poussant la neige qui recouvrait le chemin pour former des congères sur les bas-côtés.

Le véhicule fit son travail correctement un moment et ouvrit sa propre voie étroite, bordée d'arbres couverts de neige. Puis il s'arrêta subitement et, de façon inattendue, ses gros pneus continuèrent à tourner tandis que le moteur grondait comme un animal blessé. Agacé, le Russe sortit rapidement de sa cabine pour voir ce qui pouvait bien se passer...

Ce qu'il vit transforma son agacement en colère : la lame avant s'était cassée à cause de l'effort requis pour pousser cette Ford blanche en dehors de la route, et elle était désormais complètement tordue. Le conducteur lança un juron dans sa langue maternelle et sa voix retentit au milieu des arbres environnants, tel le cri d'un animal d'une espèce inconnue lançant une plainte en direction d'un Dieu indifférent.

Lorsque Mulder franchit la brèche ouverte par la Taurus, il avait froid, était épuisé, et le sang avait gelé sur son visage. Il avança en chancelant vers le bord de la route et se plia en deux, ses mains gantées posées sur ses genoux, pour reprendre son souffle. La petite route de campagne s'étirait dans les deux directions. Il savait que la route par laquelle il était arrivé n'offrait rien d'autre que cette petite ville oubliée qui se trouvait à une distance connue de Dieu seul. Il partit donc dans l'autre direction en espérant tomber sur une voiture.

Tandis qu'il avançait, la chute de neige se fit plus importante et le vent se mit à souffler violemment. Sur la route, Mulder dut marcher en crabe, il ne voyait presque plus rien, et son visage commença à geler.

Il avait affronté de nombreuses situations dangereuses au cours de ses années de carrière en tant qu'agent affecté aux affaires non classées. Il avait rencontré des monstres, humains et non humains, et avait été pris pour cible par des conspirateurs gouvernementaux qui voulaient sa mort ; il avait non seulement croisé la mort à plusieurs reprises, mais également d'étranges variantes sur le même thème fatal dont aucun autre être humain sur la planète ne se serait sorti. Et pourtant, il était à deux doigts de mourir gelé sur une petite route de la campagne virginienne.

Lorsqu'il atteignit le chemin non entretenu qui partait dans les bois, Mulder n'eut aucun moyen de savoir que c'était à cet endroit que son agresseur, le Russe Janke Dacyshyn, avait arrêté le chasse-neige. Mulder vit uniquement la partie du chemin que le véhicule avait déneigée avec succès avant de tomber en panne. Le chasse-neige était bien au-delà du champ de vision de Mulder tandis qu'il observait la neige qui tombait sur ce chemin récemment dégagé.

Mulder pensa que le chasse-neige qui avait fait sortir sa Taurus de la route avait très bien pu déneiger cette voie, mais pas forcément. La route qu'il remontait était suffisamment importante pour que quelqu'un finisse par l'emprunter. Souffrant déjà du froid, il savait qu'il ne devait pas s'aventurer sur ce chemin qui s'enfonçait dans des bois sombres.

Il finit par choisir la sécurité relative de la petite route de campagne et se remit à marcher. Pour une raison ou pour une autre, il se souvint d'une fois où lui et Scully s'étaient retrouvés à une intersection en se demandant s'ils devaient prendre à droite ou à gauche sur une route principale.

Mais Mulder avait choisi de continuer tout droit, sur une route moins fréquentée, et c'était là qu'ils avaient trouvé la réponse qu'ils cherchaient.

C'est pourquoi il se retourna, et suivit le chemin sombre qui s'enfonçait dans des bois emplis de ténèbres.

L'enceinte
La campagne virginienne
12 janvier

Une lumière vive illumina son visage et réveilla Cheryl Cunningham par surprise. Cet éclairage subit dérangea également les chiens dans les cages voisines et ils se mirent à aboyer encore et encore. Cheryl s'avança près d'un trou dans sa caisse en bois et vit l'assistant médical qui écartait le rideau de plastique devant l'assistante pour entrer dans le chenil avec lui : ils laissèrent entrer encore un peu de la lumière vive qui illuminait la pièce dans laquelle ils travaillaient au milieu de machines et de matériel de laboratoire.

La jeune femme se fit toute petite dans sa cage au moment où l'homme déverrouilla la porte de sa caisse et l'ouvrit. L'assistant tendit les mains et Cheryl vit que la femme préparait une seringue hypodermique, d'où elle fit jaillir quelques gouttes, et Cheryl comprit à quoi allait servir cette aiguille…

— NON ! N'APPROCHEZ PAS DE MOI ! NE ME…

Les mains de l'infirmier se posèrent sur les manches de sa blouse d'hôpital, désormais toute sale, et l'empoignèrent.

— NE ME TOUCHEZ PAS ! JE VOUS *INTERDIS* DE ME TOUCHER !

L'homme et la femme s'entretinrent en russe, sans se soucier de ses protestations, leur discussion froidement objective, tandis que Cheryl – qui continuait à hurler – fut tirée à l'entrée de la cage où l'assistante enfonça l'aiguille dans ses chairs.

En l'espace de quelques secondes, Cheryl se tut et son corps se relâcha, et l'homme et la femme en blanc la soulevèrent par les bras pour la traîner vers la lumière par-delà le rideau en plastique.

La campagne virginienne
12 janvier

Mulder pensa à deux choses.

D'abord, il pensa qu'il avait probablement commis une erreur en suivant ce chemin boisé et sombre et qu'il devrait faire demi-tour. Puis, il se demanda s'il ne pourrait pas dénicher un arbre sympa pour se reposer et peut-être faire un petit somme. Cette seconde pensée, pendant un moment, avait donné naissance à une troisième : *Tu ne te relèveras jamais.* Puis cette dernière pensée s'était évanouie dix minutes plus tard.

Il vit finalement quelque chose qui le fit se figer, les conditions météorologiques n'y étant pour rien : devant lui, au milieu du chemin, se trouvait le chasse-neige.

Il s'élança subitement. Quelques secondes plus tôt, la seule idée de courir lui aurait paru absurde, même abstraite. Mais il courait maintenant comme un coureur sur piste, l'adrénaline affluant, et toute la neige et le froid du monde n'auraient pas pu le ralentir.

Ce chasse-neige, avec ses phares éteints, se trouvait à une distance de la longueur d'un terrain de football, sa forme disgracieuse était éclairée par la lueur blafarde de la lune cachée derrière les nuages. Oubliant toute prudence, Mulder se dirigea droit vers le côté conducteur, sans penser un instant aux ennuis qu'il devrait affronter si le Russe se trouvait là – mais il ne s'en souciait pas dans son état de fatigue, de meurtrissure et de froid, l'adrénaline faisait encore effet.

La cabine paraissait cependant vide, une chose qu'il vérifia sans attendre en ouvrant la porte d'un coup sec. C'est à ce moment que Mulder pensa qu'il devrait peut-être faire plus attention, au cas où Janke rôderait dans les parages. Il prit tout au plus une minute pour faire le tour du véhicule immobilisé et observa les alentours : pas pour repérer une cachette sûre, mais des indices.

Le Russe ne semblait pas se trouver dans les environs, mais on repérait aisément sa trace : des empreintes de pas s'éloignaient dans la neige fraîche vers les ténèbres. Le premier instinct de Mulder fut de les suivre.

Son instinct, qui dominait, le poussa vers la cabine où il fouilla partout à l'intérieur jusqu'à ce qu'il trouve une arme appropriée. C'est à ce moment-là, et seulement à ce moment-là, le démonte-pneu en main, que Mulder suivit les traces de pas et s'enfonça dans l'obscurité.

L'enceinte
La campagne virginienne
12 janvier

Dans la salle d'opération, Janke Dacyshyn – vêtu d'une blouse et d'un bonnet médicaux – tournait autour de la personne dont il se souciait le plus au monde, Franz Tomczeszyn : il était couché sur un lit à roulettes sous un drap blanc, la tête visible sous la lumière vive d'une lampe médicale.

Janke se pencha à proximité de l'oreille droite du malade et lui murmura amoureusement, en russe, quelques paroles afin de le rassurer.

— Tout va bien se passer, Franz. On sera ensemble. *Ensemble*, tu m'entends ?

— J'ai peur…, parvint à peine à lui répondre Franz.

— On ne va pas te laisser mourir.

Les deux assistants médicaux, l'homme et la femme, firent avancer le lit à roulettes sur lequel était étendue Cheryl Cunningham, inconsciente, toujours vêtue de sa blouse d'hôpital salie. Ils l'avancèrent à côté de Janke et de Franz, allongé sur le dos, puis vers le médecin aux traits hâves qui prenait la température.

Le vieux médecin ne prenait cependant pas la température d'un patient, mais celle de l'eau contenue dans une grosse cuve en plastique remplie de glace fondue.

Puis le médecin émacié se tourna vers ses deux assistants et leur lança des ordres en russe sur un ton sec et sévère tandis qu'ils transportaient Cheryl Cunningham du lit à roulettes vers la cuve de glace fondue à l'aspect trouble. Ils lui retirèrent sa blouse d'hôpital salie et la déposèrent avec précaution dans la cuve en prenant soin que sa tête reste à la surface de l'eau pour qu'elle puisse respirer.

Malgré le sédatif puissant qui courait dans ses veines, Cheryl réagit au froid extrême de l'eau gelée et se redressa ; mais les deux assistants la replongèrent avec force dans la glace fondue, à l'exception, bien évidemment, de sa tête.

Le grand médecin aux traits anguleux, qui avait eu l'air si compatissant à l'égard de Cheryl, n'exprimait désormais plus rien, sauf une détermination professionnelle. Il se dirigea vers le lit à roulettes où attendait Franz et souleva le drap pour faire apparaître les sutures au niveau du cou du patient, une véritable ligne de démarcation entre la tête de l'homme au-dessus et le corps de la femme en dessous.

Le corps de Monica Bannan était toujours en vie, mais uniquement d'un point de vue technique. Sa peau avait pris une teinte grise et terne, la vie s'écoulant peu à peu de son corps : le corps de la femme qui apparaissait en dessous des épaisses sutures qui le reliaient à la tête de l'homme était en train de mourir.

Le médecin émacié commença à retirer les sutures à coups de ciseaux. L'opération allait débuter. Du moins, elle allait commencer dès que les restes de leur première tentative échouée seraient retirés et jetés : le corps sans tête d'une femme, agent du FBI.

Alors qu'il suivait les traces du Russe en direction d'une clairière, les pas de Mulder craquèrent sur la neige virginale épaissie par la poudreuse tombée avec la dernière chute.

Il aperçut un ensemble de structures étrange au loin. Par-delà un grillage, à la lueur d'un faible éclairage extérieur jaunâtre et sinistre, délivré grâce à un générateur, s'ouvrait un ensemble bricolé et disgracieux : mais quoi ? Un bâtiment ? Une installation ?

Mulder dénombra quatre vieux mobil-homes alignés les uns à côté des autres auxquels des structures de fortune en contreplaqué avaient été ajoutées, l'ensemble éloigné de toute civilisation, mais où se manigançait assurément quelque chose…

Le dos courbé, le démonte-pneu en main, il s'approcha.

Ses lunettes chirurgicales grossissant ses yeux de façon grotesque, le grand médecin émacié concentra toute son attention sur son travail. Son scalpel était suspendu au-dessus du cou de Franz Tomczeszyn. Il demanda en russe à son assistante un instrument et elle lui tendit des pinces. L'artère suturée sur laquelle il travaillait se reflétait dans ses lunettes.

Janke Dacyshyn était vêtu de sa blouse et de son bonnet – il ressemblait à n'importe quel autre infirmier, mais, en réalité, il envahissait l'espace du médecin. Il se pencha au-dessus de Franz, toujours couché sur son lit à roulettes, et lui murmura de nouveau en russe, sur un ton insistant :

— Tu vas vivre, Franz. Tu vas avoir de nouveau un corps fort et en bonne santé… Le corps dont tu as toujours rêvé…

Franz tenta de répondre faiblement, mais le médecin émacié – sans la moindre bienveillance désormais – s'adressa à eux d'un ton brusque et l'imposant Janke recula comme un enfant que l'on venait de gronder. Comme pour se consoler, Janke regarda la cuve de glace fondue où Cheryl Cunningham, toujours sous sédatif, était immergée, nue, et évalua ce « corps fort et en bonne santé » dont il venait de parler.

L'assistant masculin préparait Cheryl en badigeonnant son cou de Bétadine jaune afin d'indiquer l'endroit précis où sa tête allait être sectionnée.

Mulder escalada le grillage et se laissa tomber plutôt silencieusement à terre, à l'extérieur de l'installation de fortune. Son manteau et ses gants l'avaient protégé du fil barbelé. Toujours courbé, il avança à pas de loup vers les mobil-homes au centre de l'enceinte. Un mouvement dans son dos le fit sursauter, il se retourna et vit la forme sombre d'un chien.

L'animal était en train de grogner. Ainsi qu'un autre, qui se trouvait manifestement à proximité. Mais Mulder n'en vit qu'un seul et songea à retourner vers le grillage, lorsque la créature le chargea. L'animal ressemblait davantage à une forme noire qu'à quelque chose de bien réel… mais le grognement mauvais, qu'il entendait comme en stéréo, était lui suffisamment réel. Mais où se trouvait l'autre chien ?

Il se prépara à faire face tandis que l'animal filait dans sa direction à vive allure. Ce dernier se rua d'un bond sur Mulder, sa mâchoire dirigée vers la gorge de sa victime. Mais lorsqu'il passa devant la lumière jaunâtre de l'enceinte, Mulder ne vit pas une mais deux têtes à la créature, deux têtes aux crocs pointus, la bave aux babines, sur le corps d'un seul chien.

Dans la salle d'opération, le médecin émacié – ses yeux grossis rivés sur le scalpel au-dessus du cou de Franz Tomczeszyn – sursauta à cause des aboiements soudains. Ils venaient de l'extérieur de l'édifice, mais ils déclenchèrent une réaction en chaîne immédiate des autres animaux dans le chenil voisin et le médecin aboya à son tour des ordres en russe. Ses deux assistants vinrent aussitôt à ses côtés.

Puis il se tourna vers Janke Dacyshyn et lui dit en russe :

— Tu t'attends que j'accomplisse des miracles dans cette maison de fous ! *Fais* quelque chose !

Janke traversa rapidement la salle d'opération pour franchir le rideau en plastique et entra dans le chenil tandis que le médecin aux traits hâves se dirigea pour sa part vers la cuve en plastique dans laquelle se trouvait Cheryl Cunningham, son corps immobile à peine visible au milieu de la glace fondue et trouble. La Bétadine jaune autour de son cou était cependant bien visible.

Le médecin toucha sa gorge avec son scalpel.

Dans l'intervalle, Janke était sorti en trombe dans le froid de l'enceinte, il sondait la nuit teintée de jaune pour découvrir l'origine de ce tapage. Le Russe, toujours vêtu de sa blouse et de son bonnet, n'entendait plus rien et ne vit rien de particulier. Puis ses yeux se posèrent finalement sur une chose brune près du grillage.

Le Russe se dirigea vers la forme et se rendit compte qu'il s'agissait du manteau brun que portait cet agent du FBI ! En s'approchant, il vit que le vêtement était déchiré, lacéré, et Janke comprit qu'un des animaux avait attrapé l'intrus.

Cette supposition se confirma lorsqu'il aperçut la forme pantelante dans la neige : un chien ensanglanté et grièvement blessé. La créature était littéralement à moitié morte car, tandis qu'une de ses têtes haletait, l'autre avait le crâne défoncé.

Le Russe repéra des traces de sang qui s'éloignaient du chien, des empreintes visibles dans la neige et qui se dirigeaient vers l'installation. Il suivit le chemin pris par l'intrus jusqu'au coin des mobil-homes et les empreintes disparurent au milieu du sentier boueux.

Aucune trace de l'intrus à l'intérieur de l'enceinte. Mais Janke allait le retrouver.

Et achever le travail commencé par la créature à deux têtes.

15

La campagne virginienne
12 janvier

Une dépanneuse était en train de remonter la Taurus blanche bossue du lit du cours d'eau en contrebas lorsque l'Expedition noire arriva rapidement sur la petite route de campagne et s'arrêta brusquement derrière un cruiser de la police, son gyrophare peignant de rouge et de bleu les talus blancs, comme des desserts glacés recouverts d'un sirop aux couleurs vives. Mais il n'y avait rien de festif dans cette scène sinistre.

Son manteau de cachemire brun clair claquant dans le vent et moucheté de flocons de neige, Dana Scully sortit rapidement du côté passager du véhicule et s'approcha d'un policier en tenue incroyablement jeune.

— Je suis Dana Scully, lui dit-elle en désignant le véhicule remorqué. C'est ma voiture.

— Exact, répondit le policier. J'ai votre nom. J'ai parlé à une grosse légume du FBI qui appelait de Washington.

— Walter Skinner, répliqua Scully avec un petit signe de tête.

Le policier regarda derrière Scully en direction du grand individu, vêtu d'un manteau sombre, qui s'extirpa du côté conducteur de l'Expedition.

— C'est lui, déclara Scully.

En raison de l'appel passé plus tôt par Skinner, Scully savait déjà que le véhicule accidenté était vide ; mais elle demanda cependant au policier :

— Aucune trace du conducteur ?

Il ouvrit une main gantée : le téléphone portable de Mulder. Une croûte noir rougeâtre maculait l'écouteur.

— J'ai trouvé ça planté dans le talus, avoua le policier. Je pense que le conducteur était au téléphone quand l'accident a eu lieu ; et sa vitre était baissée pour une raison ou pour une autre.

Scully prit le téléphone et le policier eut l'air de se demander s'il aurait dû protester, mais il n'en fit rien. Elle tourna les talons et se dirigea à grands pas vers Skinner qui approchait lui aussi.

— Le policier a trouvé ça, lui dit-elle, bouleversée. Il est recouvert de sang.

Le directeur adjoint du FBI, Walter Skinner, était un personnage imposant qui, avec son mètre quatre-vingt-trois, écrasait l'ancien agent à l'apparence menue. Chauve, portant lunettes, son allure était professionnelle mais son physique était celui d'un athlète. Il émanait de lui un calme trompeur, une façade plutôt froide qui dissimulait de la chaleur. Cet homme avait été bien autre chose qu'un simple directeur adjoint pour Mulder et Scully et il pouvait se lancer dans l'action avec détermination, comme s'il avait eu la moitié de ses cinquante ans.

Skinner comprit que Scully était chamboulée par la découverte du téléphone portable taché de sang.

— Calmez-vous… cessez d'y penser et réfléchissez.

Il avait raison, mais elle n'y parvenait pas : mon Dieu, elle était en train d'hyperventiler !

Ressaisis-toi ! se dit-elle.

Skinner l'attrapa doucement, mais fermement, par les épaules.

— Écoutez, il va bien. Il ne peut qu'aller bien. Regardez la scène… et redevenez l'enquêteur du passé.

Elle déglutit, acquiesça et se retourna pour regarder l'épave.

Pensif, Skinner s'éloigna d'un pas tranquille et Scully le suivit.

— Il a réussi à sortir du véhicule, là en contrebas… et s'il a réussi à s'en extraire, il a très bien pu remonter cet à-pic…, déclara Skinner.

— Je peux y croire, lui dit-elle, plus calme. Mais où est-il *allé* ?

Les lèvres minces de Skinner s'étirèrent dans un sourire qui était aussi une moue. Il s'agissait simplement d'un aveu silencieux : il n'avait pas la moindre idée de la réponse à cette question.

Ni Scully d'ailleurs.

L'enceinte
La campagne virginienne
12 janvier

À l'instant même où Dana Scully et Walter Skinner se demandaient où pouvait bien se trouver Fox Mulder, Janke Dacyshyn – qui suivait le sentier boueux entourant la structure composée des mobil-homes – se demanda lui aussi la même chose, même si le nom de Fox Mulder ne signifiait rien pour lui. Il avait identifié Mulder comme un agent du FBI et supposait que l'intrus avait, grâce à une arme ou à un objet similaire, écrasé la tête (ou plutôt l'une des deux têtes) du chien qui était désormais mort.

Alors qu'il poursuivait ses recherches, le Russe passa devant la petite porte des chiens derrière laquelle se trouvait sa proie : Mulder était entré dans un passage sombre réservé aux chiens.

Il avançait en rampant et sortit bientôt dans ce qui lui parut être un chenil exigu dans lequel dormaient plusieurs chiens à une tête. Ne désirant pas les réveiller et révéler sa présence, il se releva silencieusement et examina son environnement.

Il vit immédiatement le rideau en plastique qui séparait le chenil d'une pièce voisine fortement éclairée où des ombres se déplaçaient et où des paroles étaient échangées en russe, une langue que Mulder reconnut, mais ne comprenait pas. Il comprit cependant quelque chose très rapidement : une de ces silhouettes sombres, derrière le plastique, donnait des ordres, et les autres y répondaient de manière précise.

Ça, Mulder le comprit.

Et lorsqu'il vit la cage plus grosse, une caisse en bois percée de petits trous dont la porte était grande ouverte et laissait apparaître une couverture froissée sur un sol de planches, il comprit qu'elle était manifestement destinée aux êtres humains, et non aux chiens. Mulder sut alors que les choses qui se déroulaient par-delà ce rideau devaient être empêchées.

Ensanglanté, sale, vêtu uniquement d'un tee-shirt noir et d'un jean, l'ancien agent franchit le rideau, prêt à jouer du démonte-pneu.

Il eut à peine le temps d'embrasser l'étrange salle d'opération du regard lorsqu'il lança d'une voix cassée mais néanmoins énergique :

— Arrêtez ce que vous êtes en train de faire ! Et reculez-vous de là…

Le démonte-pneu brandi dans sa main tachée de sang, Mulder avança pour donner plus de poids à ses paroles. Devant lui se trouvaient un grand et vieux médecin vêtu d'une blouse, d'un bonnet et d'un masque de chirurgien, et deux assistants ou infirmiers, un homme et une femme. Eux aussi portaient des masques chirurgicaux au-dessus desquels leurs yeux écarquillés dévisageaient Mulder.

Le trio recula tandis que Mulder avançait et le grand médecin lui cria quelque chose en russe.

— La ferme ! lui lança Mulder d'un ton brusque.

Mais le médecin continua à parler, à crier, et emplit l'air de ses paroles incompréhensibles au moment où

Mulder, horrifié, vit les deux patients que soignait ce « guérisseur ».

Sur une table d'opération se trouvait une tête désincarnée, la tête d'un homme. Il s'agissait en fait de la tête de Franz Tomczeszyn, dont la société de transplantation d'organes avait atteint un degré d'efficacité extrême sinon logique. Des tubes en plastique reliaient la tête de l'homme au cou d'une femme nue qui flottait, inconsciente ou presque, dans une grosse cuve en plastique contenant une eau trouble et glacée, du sang courant dans ces tubes : Cheryl Cunningham, la femme portée disparue (et désormais retrouvée), gardait en vie la tête désincarnée de Franz Tomczeszyn.

Ce qui n'empêcha pas le médecin de continuer à crier en russe.

— LA FERME ! exigea Mulder en agitant le démonte-pneu. Nom de Dieu ! je vous ai dit de la fermer ! Vous parlez anglais ? (Il regarda les deux assistants.) Est-ce que *l'un* d'entre vous parle anglais ?

Le médecin avait baissé d'un ton, mais débitait toujours un russe des plus irrités, tandis que les deux assistants fixaient leurs yeux sur Mulder d'un air ébahi.

— Écoutez, leur lança Mulder malgré leur absence de toute réponse. Je veux que vous la sortiez de là… Je veux que vous lui retiriez ces tubes et que vous lui recousiez le cou. Correctement. Maintenant.

Mais aucun des deux assistants ne parut le comprendre et le grand médecin continua à bêler en russe, ce qui ajouta encore à ce cauchemar éveillé ;

et Mulder, affaibli et blessé, ne sut pas quoi faire d'autre…

Cependant, le médecin cessa subitement de parler et se dirigea vers les deux patients reliés par les tubes en plastique dans lesquels courait le sang. Le vieil homme parlait-il anglais, finalement ?

Mulder leva le démonte-pneu et s'approcha.

— Vous allez faire ce que je vous ai demandé ?

Les deux assistants reculèrent en direction de la périphérie de la salle d'opération au moment où le médecin reprit la parole en russe : il ne criait plus et adopta un ton raisonnable en faisant des gestes vers ses deux patients.

— Je ne comprends pas. Je ne *peux pas* vous comprendre…, lui dit Mulder.

Mulder, qui tentait de se concentrer au milieu de cette situation cauchemardesque, ne vit pas l'ombre se déplacer dans son dos, une silhouette en blanc derrière le mur de plastique duquel jaillirent des bras, leurs mains s'enroulant autour de son cou pour l'agripper et l'étrangler.

Mulder se tortilla et lutta avec force, il reconnut Janke Dacyshyn, mais ne parvint pas à se libérer de l'étreinte du Russe. Et il ne vit pas non plus le grand médecin aux traits hâves se diriger vers un plateau d'instruments chirurgicaux, faire son choix et se retourner avec une seringue hypodermique à la main dont il enfonça l'aiguille dans l'épaule de Mulder.

Ses forces le quittèrent peu à peu, mais les ténèbres l'enveloppèrent si rapidement qu'il ne perçut même rien.

La campagne virginienne
12 janvier

Le directeur adjoint du FBI Walter Skinner était au volant de l'Expedition et roulait au milieu d'un trou perdu où la seule chose agréable était qu'il avait cessé de neiger. À côté de lui, Dana Scully fixait pensivement son regard sur la campagne blanche qui défilait.

Malgré son inquiétude, Skinner fit de son mieux pour apaiser Scully :

— On va le retrouver.

Son petit signe de tête fut à peine perceptible.

— Je connais Mulder, poursuivit Skinner, et la première chose qu'il fera sera de trouver un téléphone pour appeler. Il ne partirait pas ainsi dans la nature pour faire quelque chose de fou.

Ce coup-ci, Scully le regarda comme pour lui dire : *Vous plaisantez ?*

Skinner déglutit. Haussa les épaules.

— Pas complètement fou.

Scully reporta son attention sur la vitre. Skinner ne cessait de lui jeter des coups d'œil et vit qu'elle s'assit soudainement bien droit. Ils dépassèrent un chemin non entretenu et ni Skinner ni Scully ne surent que ce dernier était celui-là même où un chasse-neige était récemment tombé en panne et que Fox Mulder avait emprunté à pied. Aucune preuve d'une telle chose n'était présente pour que le directeur adjoint et l'ancien agent puissent la remarquer, la nouvelle chute de neige recouvrant le dernier déneigement et toutes les traces récentes.

Skinner n'était pas certain de ce qui avait pu attirer l'attention de Scully. Cet instant parut disparaître et Scully se détendit de nouveau dans son siège. Ils roulèrent pendant quelques secondes dans le silence, puis elle se tourna brusquement vers Skinner et lui dit :

— Arrêtez-vous, s'il vous plaît. Arrêtez-vous *ici*...

Il s'arrêta.

— Qu'y a-t-il, Dana ?

Mais elle était déjà en train de sortir de l'Expedition. Lorsqu'il descendit du véhicule et fit le tour, il la découvrit face à une rangée de vingt boîtes aux lettres de campagne.

— Qu'y a-t-il ? répéta-t-il.

Elle s'avança le long de la rangée, à la recherche apparemment d'une boîte aux lettres en particulier.

Un nom peut-être ? se demanda Skinner.

Elle s'arrêta devant une boîte dont l'adresse avait perdu un chiffre et qui donnait : 25 2.

Elle regardait fixement la boîte aux lettres.

— Dana.

— Le Livre des Proverbes.

— Pardon ?

— Le Livre des Proverbes 25, verset 2. (Elle secoua la tête, son expression abasourdie mais cependant pleine d'espoir.) Je *n'arrive pas* à y croire...

Elle ouvrit la petite porte d'un coup sec et commença à sortir des enveloppes, de la publicité pour la plupart. Skinner n'avait pas la moindre idée de ce qu'elle était en train de fiche, mais elle était assurément en train de faire *quelque chose*…

— « La gloire de Dieu, c'est de cacher les choses », dit-elle. « La gloire des rois, c'est de sonder les choses »… Je *l'ai* !

Skinner regarda par-dessus l'épaule de Scully en direction d'une lettre où était imprimée une adresse.

— C'est une facture pour du matériel médical, dit-elle. Elle est adressée à un certain docteur Urov-Koltov. Ça *doit* être lui.

— Qui ?

— Le médecin qui a effectué les greffes russes dont je vous ai parlé. Il possède une adresse sur Nine Mile Road.

D'instinct, Skinner et Scully se mirent à chercher autour d'eux, des deux côtés de la petite route de campagne. Ces routes portaient-elles des plaques ?

Le souffle de Scully formait des volutes dans le froid. Elle avait le regard ferme.

— Où diable se trouve cette Nine Mile Road ?

Skinner sortit son iPhone.

— Je peux peut-être la googler.

— C'est ça. Vous pouvez saisir les mots « médecin fou ». (Elle plissa le front et se détourna.) Vous avez *entendu* ça ? Écoutez… *écoutez*…

Le moteur de l'Expedition qui tournait à proximité la dérangea et elle s'en éloigna pour tendre l'oreille avec davantage d'attention. Skinner la suivit.

— Quoi ? lui demanda-t-il.

— Des chiens, répondit-elle.

Il les entendit lui aussi, éloignés mais distincts : des aboiements de chiens.

Mais pourquoi, se demanda Skinner, les aboiements de ces animaux illuminèrent-ils d'espoir le visage de Dana Scully ?

L'enceinte
La campagne virginienne
12 janvier

Fox Mulder n'entendit pas les aboiements des chiens ; il était étendu sur le sol de la salle d'opération, drogué et inconscient, tandis que le médecin émacié donnait des ordres en russe à ses assistants, suffisamment fort pour se faire entendre au milieu des animaux – toute trace de la colère affichée à l'égard de l'intrus avait disparu.

Cet intrus ne représentait plus une source d'ennui dans leurs esprits et le médecin et ses assistants l'enjambaient même en poursuivant leur travail bizarre. Ils remarquèrent à peine Janke Dacyshyn qui agrippa Mulder sous les bras et le retira de leurs pattes pour le traîner dans le chenil.

Un instant plus tard, le Russe ouvrit la porte du mobil-home dans un claquement et sortit dans le froid avec sa seule blouse chirurgicale. Puis il tendit les bras à l'intérieur et traîna Mulder sur le chemin boueux. Comme il l'avait souvent fait avec de nombreux sacs à ordures contenant des membres tranchés destinés à l'enlèvement, le Russe tira le corps de Mulder, lourd et relâché, dans l'enclos, les pieds de sa cargaison imprimant des lignes parallèles dans la neige fraîche.

À mi-chemin environ entre l'ensemble de mobil-homes et une petite remise en bois dans un coin de l'enceinte, Mulder se réveilla lentement. Il dut lutter avec force pour recouvrer ses esprits, impuissant face à la drogue, sans mentionner le malabar qui le traînait vers cette remise sinistre.

Le Russe tira finalement Mulder devant la remise où une hache était appuyée contre un billot. Un tas de bois de chauffage était visible sur le côté de la remise, mais ce qui finit par réveiller complètement Mulder fut la découverte d'une tout autre chose sur le sol boueux : le corps nu et décapité d'une femme.

Et Fox Mulder comprit qu'il venait de retrouver Monica Bannan : elle était couchée face contre terre – ou du moins l'aurait été si elle avait encore eu sa tête – à proximité du billot et de la hache. Quelques instants plus tard, Mulder fut déposé à côté du corps sans tête et l'ancien agent se sentit aussi impuissant que Monica Bannan en observant le Russe s'arrêter pour reprendre son souffle.

Puis le Russe s'approcha, et l'estomac de Mulder se noua, mais l'homme s'intéressa au corps décapité qu'il porta près du billot et plaça un bras sur le dessus – il se préparait visiblement à découper le corps en morceaux.

Tandis que le Russe levait sa hache pour commencer son travail macabre, l'opération à l'intérieur du mobil-home se poursuivait, une opération qui n'était pas sans rapport avec le projet de nettoyage actuel de Janke Dacyshyn.

La tête désincarnée de Franz Tomczeszyn aurait pu sembler être un autre morceau de cadavre destiné à être lui aussi jeté, mais une chose l'en différenciait : ses yeux, à l'occasion, se plissaient. Il était, du moins en partie, toujours en vie et était relié à Cheryl Cunningham par l'intermédiaire de ces tubes en plastique emplis de sang qui dépassaient de l'incision pratiquée au niveau du cou de la jeune femme.

Un cou qui avait toute l'attention du docteur Urov-Koltov : il baissa son scalpel sur la ligne recouverte de Bétadine et se prépara à découper une tête pour la remplacer par une autre.

Dans l'enclos extérieur, près de la remise, Janke Dacyshyn se montrait plus rapide que le médecin aux traits hâves. Son travail de découpe sinistre avait été prompt et efficace alors que Mulder s'était forcé à le regarder faire tandis qu'il luttait toujours pour revenir complètement à lui afin, peut-être, de ne pas finir comme Monica Bannan et tous ces morceaux de cadavre éparpillés au sol autour du billot.

Le Russe baissa sa hache et l'appuya de nouveau contre le billot. Il s'approcha de Mulder, ce dernier tentait de faire fonctionner ses muscles, ses membres, avant qu'ils ne puissent plus jamais le faire, et il sentit son corps embrasser le billot, sa tête posée sur le dessus. Mulder pourrait peut-être marcher, et fuir, mais parviendrait-il à échapper aux coups de hache d'un Russe collé à ses trousses ?

Le Russe venait juste de lever la hache au-dessus du cou de Mulder lorsqu'une voix proche lança :

— Hé…

Puis Mulder vit une chose qui devait être une hallucination provoquée par les drogues : Scully abattit un bout de bois sur la tête du Russe, ses jambes se dérobant au moment où il s'écroula à terre, inconscient, au milieu des morceaux de cadavre qu'il avait lui-même découpés.

Son cerveau manquant d'oxygène, Mulder était-il en train de mourir et de s'imaginer la scène ?

Ou Scully se trouvait-elle vraiment là, ses mains serrant son visage, à lui parler ?

— Mulder... Mulder...

À l'intérieur, dans la salle d'opération, le docteur Urov-Koltov était en train de découper avec précaution la peau sur le cou de Cheryl Cunningham en un cercle net et expert lorsque les chiens se remirent à aboyer avec ardeur. Le médecin hésita, leva la tête et vit un grand homme chauve franchir précipitamment le rideau en plastique et pointer son revolver dans sa direction, le regard sévère et empli d'un profond dégoût.

— Levez les mains en l'air que je puisse les voir, déclara Skinner, SUR-LE-CHAMP !

Les deux assistants ne parlaient pas anglais et le docteur Urov-Koltov en était peut-être capable, ou pas, mais les trois individus comprirent ce que signifiait le revolver dans la main de Skinner et s'éloignèrent des lits à roulettes.

Le médecin prononça quelque chose en russe, sur un ton « Soyez raisonnable ! », mais Skinner lui prêta à peine attention, car les yeux du directeur adjoint s'écarquillèrent en découvrant une scène qu'il n'oublierait pas de sitôt : une tête désincarnée était reliée par des tubes, dans lesquels courait du sang, au cou d'une femme nue plongée dans une cuve de glace fondue, dont la vie venait d'être épargnée.

— Seigneur Dieu ! lança Skinner.

Scully écarta le rideau en plastique et toutes ses années de médecine, et ses années passées aux affaires non classées, ne purent la préparer à ce tableau grotesque. Elle chassa cependant de son esprit l'horreur de cette scène et, en s'approchant des lits à roulettes, dit à Skinner :

— Mulder a besoin de vêtements chauds et de boire quelque chose. Je veux que vous vous en chargiez. J'ai du travail ici.

Skinner menotta le docteur Urov-Koltov à une machine et laissa les deux assistants aider Scully qui avait déjà commencé à se brosser les mains avec son calme ordinaire et une précipitation nerveuse.

Rapidement, Skinner ouvrit la porte du mobil-home dans un claquement et courut dans l'enclos en direction de la remise. Il vérifia immédiatement que le Russe était bien inconscient, lui menotta les mains dans le dos, puis s'approcha de Mulder, à moitié conscient au milieu des morceaux de cadavre éparpillés sur le sol et qui avaient appartenu à une femme, un agent du FBI.

— Mulder, lança Skinner en s'agenouillant.

Skinner retira son manteau et Mulder fixa sur lui un regard de drogué.

— Femme… à l'intérieur… besoin d'aide…

— Scully est avec elle, répondit Skinner en entourant les épaules de Mulder avec son manteau. La patiente est entre de bonnes mains.

Mulder était en train de dévisager Skinner et s'assurait que ses yeux fonctionnaient bien et qu'il n'avait pas d'hallucinations.

— Skinner ?

Le directeur adjoint lui sourit.

— Je suis heureux de vous voir en vie.

— Espèce de… grand… chauve… et séduisant garçon… J'ai froid.

Et Walter Skinner, ignorant le vent, serra Mulder dans ses bras.

16

La campagne virginienne
13 janvier

De l'avis de Fox Mulder, le titre du journal le fit penser au genre de gros titres *outranciers* que l'on voyait d'ordinaire dans les quotidiens populaires alors que celui-ci paraissait dans un journal important de Washington, D.C. et accompagnait un article de l'Associated Press.

« Le FBI arrête un docteur Frankenstein des temps modernes », disait-il et la photo qui l'accompagnait était particulièrement gratifiante aux yeux de Mulder : l'agent spécial Drummy, qui avait été appelé par le directeur adjoint Skinner à venir dans l'enceinte avec d'autres agents travaillant sur la disparition de Monica Bannan, se tenait à côté d'une cage pour chien qui venait d'être chargée à bord d'un 4 × 4, et, assis dans cette cage, ses quartiers provisoires le temps du transport, se trouvait le docteur Urov-Koltov, son visage émacié regardant d'un air sombre à travers le grillage.

Mulder, vêtu d'un pull-over et d'un jean, assis dans son bureau, avait repris son occupation journalière et découpait dans les journaux des histoires racontant des événements étranges : celui-ci se trouvait simplement être un événement étrange auquel il avait participé. Les événements de la veille semblaient désormais distants, ses éraflures et ses ecchymoses pour seules preuves d'une chose inhabituelle dans sa vie.

— Mulder…

Il se tourna et vit la femme qu'il aimait dans l'embrasure de la porte, une vision douce vêtue d'un pull-over et d'une jupe bruns.

— Quoi de neuf, docteur ? demanda-t-il d'un ton enjoué, mais prudent, car ils avaient traversé beaucoup de choses ces jours derniers.

Elle pénétra à l'intérieur de son univers encombré et obsessionnel, les bras croisés devant elle comme si elle avait froid alors que l'atmosphère de la maison était bien chaude.

— Le père Joe, lui dit-elle, est mort.

Il demeura abasourdi quelques instants jusqu'à ce qu'elle opine du chef pour souligner la véracité de ses paroles.

— C'était vraiment un homme très malade, déclara-t-elle.

Mulder avait lâché ses ciseaux et puisqu'il avait presque terminé de découper l'histoire concernant le « docteur Frankenstein », il arracha ce qui restait.

— Tu as lu ça ? lui demanda-t-il en se levant, l'article de journal brandi dans sa main. La déclaration officielle du FBI prétend que le prêtre déshonoré Joseph Crissman était un *complice* dans toute cette affaire… pas un mot sur son aide, rien sur son lien psychique.

Scully fronça les sourcils.

— Il est mort, Mulder. Parti. Il se peut qu'il ait été leur complice. On ne saura jamais vraiment la vérité.

— *Moi*, je la connais, Scully, répondit-il en s'approchant d'elle. Et toi aussi.

— Mais non.

— Ah oui ? Eh bien, je peux le prouver : il est mort d'un cancer de la moelle osseuse, n'est-ce pas ? Comme l'homme auquel le docteur Frankenstein était en train de donner un nouveau corps.

— Mulder…

— Et à quel moment as-tu retiré les tubes du cou de Cheryl Cunningham ? À quelle heure précise as-tu coupé l'afflux de sang qui maintenait en vie la tête de Franz Tomczeszyn ?

La tête penchée sur le côté, l'expression méfiante de Scully lui révéla qu'elle savait exactement où il voulait en venir.

— Parce que c'est l'heure précise à laquelle le père Joe est mort, Scully. Apporte-moi son certificat de décès et je te montrerai ça. Puis je le prendrai avec moi et j'irai le carrer… le *montrer* au FBI.

Son sourire était trop triste, trop las, pour être un vrai sourire.

— Tu crois vraiment qu'ils prendront ton appel ? Oh ! je sais que Skinner le ferait… mais il finirait par être ignoré, tu ne crois pas ?

Mulder s'apprêta à répondre, puis comprit qu'il

n'existait pas vraiment de réponse valide : Scully avait très probablement raison.

Elle toucha la manche de son pull-over.

— Laisse tomber, Mulder.

Il secoua la tête.

— Je trouve ça injuste pour cet homme. Le *père Joe* a sauvé cette femme. On le sait tous les deux.

Cette fois-ci, Scully ne fronça qu'un sourcil.

— Mais quelle réputation *avait*-il à sauver ? Au vu de ses crimes contre ces jeunes garçons, qui peut vraiment s'en soucier ?

— Moi. Et je pense que toi aussi, tu t'en soucies.

Elle plissa le front.

— Scully, c'est grâce au père Joe que Cheryl Cunningham est en vie.

— Mulder… c'est grâce à *toi* que cette femme est en vie. (Elle haussa les épaules.) Et je suppose aussi grâce à moi. Et à Skinner : quoi que tu puisses croire au sujet du père Joe, *c'est nous* tous qui l'avons sauvée.

Il examina son visage de Madone : elle dissimulait des choses derrière sa façade.

— Tu as dit que toi aussi, tu le croyais.

Elle soupira puis lui répondit avec circonspection :

— Je voulais y croire. Et oui, tu as raison, je l'ai cru. Et j'ai agi sur cette croyance.

Ils avaient déjà eu cette discussion particulière au cours des dernières vingt-quatre heures et ils finissaient toujours par en arriver à cette même conclusion.

Mais Mulder essaya cependant une nouvelle fois :

— Pourquoi tu ne me dis pas simplement ce que le père Joe t'a dit ?

Scully soupira une fois encore. Roula les yeux. Puis finalement, à contrecœur, elle lui répondit :

— Il m'a dit… de ne pas abandonner.

Mulder ne savait pas quoi dire. Il comprit immédiatement que les paroles de l'ancien prêtre ne concernaient pas uniquement l'affaire de Monica Bannan, mais également un autre cas, celui de Scully et du jeune Fearon.

Et il savait avec précision le dilemme qu'elle affrontait.

— Et je n'ai pas abandonné, Mulder, ce qui a permis de te sauver la vie. (Elle déglutit.) Mais je fais vivre un enfer à cet enfant et j'ai une nouvelle opération programmée ce matin même parce que j'ai réussi à convaincre ses parents… et tu sais pourquoi ? Parce que j'ai cru que c'était Dieu qui m'avait demandé de le faire.

Mulder ne dit rien, car il percevait le fardeau qu'elle portait.

— Tu vois, j'ai cru que Dieu me parlait, Mulder, par l'intermédiaire d'un prêtre pédophile… Un homme qui a violé la parole bénie de Dieu.

Elle roula les yeux une fois encore, secoua la tête, comme si elle ne parvenait pas à croire sa propre crédulité.

— Mais cela *n'est-il pas* sensé, Scully ? (Il posa la main sur son épaule.) Si le père Joe cherchait la rédemption, sa meilleure solution était de sauver la vie de Christian. Et si le père Joe *avait été* pardonné ? Et si ses prières avaient été entendues, après tout ?

Scully leva la tête, et mit de côté un instant son propre agacement envers elle-même, et laissa la passion de Mulder la toucher.

— Pourquoi auraient-elles reçu une réponse ? Il y a tant de prières qui ne sont pas entendues… Pourquoi Dieu choisirait-il un pécheur comme le père Joe ?

Mulder haussa les épaules.

— Peut-être parce qu'il… n'a pas abandonné… ?

— Mais oui bien sûr, souffla Scully. (Mulder avait vu de nombreuses fois le demi-sourire empli d'incertitude qu'elle lui adressa.) Essaie de prouver une *telle* chose, Mulder.

Même après tout ce qu'il avait pu voir au cours des années, Mulder n'était pas convaincu de pouvoir le faire, que quiconque puisse le faire d'ailleurs. Elle avait raison.

— Quoi qu'il en soit, soupira-t-elle, on m'attend à l'hôpital.

Rapidement, habillée de son manteau et de ses bottes, son sac à la main, Scully sortit sous un ciel ensoleillé et se dirigea vers leur voiture de location en marchant dans la neige, Mulder – toujours vêtu de son pull-over et de son jean – la regardant depuis le perron.

— Scully ! lui cria-t-il.

Prête à monter dans le véhicule, elle se tourna vers lui.

— Pourquoi l'aurait-il dit ? (Mulder quitta le perron et se dirigea vers elle, ses souffles de buée s'échappant dans le froid.) « N'abandonnez pas » ? Pourquoi le père

Joe t'aurait-il dit une telle chose à toi, Scully, qui lui professait tant de mépris ?

— Cela te concernait clairement, Mulder. Il fallait que tu t'accroches pour sauver cette femme.

— Mais ce n'est pas à *moi* qu'il l'a dit alors qu'il avait eu maintes occasions de le faire. C'est à toi qu'il l'a dit. Pourquoi toi, Scully ?

Elle secoua la tête et haussa les épaules.

— Je n'en ai vraiment pas la moindre idée.

Il lui adressa un sourire entendu.

— Si le père Joe était le diable, pourquoi dire le contraire de ce que le diable aurait dit ? Le diable t'aurait menée dans une impasse, pas vers un endroit où une pauvre femme avait une chance d'être sauvée.

Cela parut lui faire marquer une pause. Elle n'avait pas pensé à ça…

Mulder poursuivit :

— La voici peut-être *cette* réponse : c'est ce que Dieu voulait. Et pas seulement pour moi, ou pour le jeune garçon, ou même pour toi, Scully. Mais pour nous tous.

— Que… que veux-tu dire par là ?

— De ne jamais abandonner… N'abandonne pas.

Elle sembla d'abord choquée d'entendre les paroles du père Joe dans la bouche de Mulder. Mais il perçut, comme de nombreuses fois par le passé, son esprit rationnel entrer en action et repousser ses émotions.

— S'il te plaît, Mulder, lui dit-elle en le regardant à peine. C'est déjà suffisamment dur.

— Je sais.

Il la prit dans ses bras. Et la serra.

— Si tu as le moindre doute, Scully, lui murmura-t-il, ne le fais pas. Et annule l'opération de ce matin.

Elle leva les yeux vers Mulder, son visage exprimant la douleur qu'elle traversait, pour prendre sa décision. Mais elle n'évita pas son regard : elle le fixa droit dans les yeux, avec amour, confiance et même espoir.

— Et quoi que tu fasses, lui dit-il en écartant de son visage quelques mèches de ses cheveux, il faudra qu'on s'en aille.

Elle le lorgna comme si elle l'avait mal entendu.

— Où ça ?

— Imagine une île avec d'innombrables plages de sable blanc. Imagine un océan bleu infini. Toi en maillot de bain et…

— Toi dans un Speedo rouge ?

— Effectivement, je l'ai peut-être encore quelque part. Juste nous deux dans un petit bateau avec tout ce bleu et tout ce sable autour de nous, tout bronzés parce que nous avons quitté le froid et les ténèbres pour embrasser la chaleur et la lumière. Aussi loin des ténèbres que toi et moi puissions aller.

Elle lui sourit, mais son sourire était teinté de tristesse.

— Je ne pense pas que tu puisses un jour réussir à t'éloigner des ténèbres, Mulder. Je crois qu'elles finiront toujours par te retrouver.

— Je crois que tu as raison, lui avoua-t-il. (Puis il lui sourit.) Mais essayons quand même.

Puis il l'embrassa.

Elle opina du chef bravement, toucha son visage, puis il se détacha d'elle et la regarda monter dans le véhicule avant de s'éloigner.

N'abandonne pas, pensa-t-il. *N'abandonne pas.*

Hôpital Notre-Dame-des-Peines
Richmond, Virginie
13 janvier

Dana Scully, vêtue de sa blouse chirurgicale, examinait avec attention la fiche médicale en avançant dans le couloir. Lorsqu'elle releva la tête, elle vit le père Ybarra à l'autre extrémité qui parlait aux parents de Christian. Elle imagina que l'administrateur tentait pour la énième fois de convaincre les Fearon de ne pas suivre son plan d'action alors qu'elle avait travaillé dur, et longtemps, pour justement les convaincre.

Le père Ybarra ne la regardait pas avec une expression affable. Ni même les Fearon, d'ailleurs. Ils semblaient attendre qu'elle s'arrête pour leur parler, mais ce temps-là était révolu, et Scully, sans ralentir, leur lança uniquement :

— M. et Mme Fearon. Mon père...

Le prêtre et les parents la saluèrent également, mais s'ils avaient voulu exprimer des doutes, ils ne purent le faire face à ses pas décidés.

Scully, à l'entrée de la salle d'opération, s'arrêta finalement et se tourna vers eux.

— Je vous prie de m'excuser, leur dit-elle aimablement avant de franchir la porte.

La salle d'opération bourdonnait d'activité, les infirmières préparant l'endroit, et le jeune Christian, pour l'opération chirurgicale. La tête rasée du garçon fut de nouveau placée dans l'appareil d'immobilisation stéréostatique à l'apparence effrayante.

Le regard du garçon croisa celui de Scully lorsqu'elle entra dans la pièce et elle s'immobilisa momentanément. Elle observa l'anesthésiste préparer l'enfant, puis se tourna vers le lavabo. La peur la gagna une nouvelle fois, comme lorsqu'elle avait opéré Christian pour la première fois ; elle savait que l'enjeu était de plus en plus important.

Elle ne réussit pas à croiser le regard de son équipe médicale qui maintenant l'attendait, prête à commencer. Elle enfila ses gants de latex dans un claquement, se dirigea vers la table d'opération et croisa de nouveau le regard de Christian.

Le garçon, prisonnier de son appareil d'immobilisation sinistre, n'aurait pas pu avoir l'air plus fragile, vulnérable ou innocent. Ses yeux se fixèrent cependant sur elle avec une maturité imperturbable et courageuse.

Figée, comme clouée sur place, Scully continua à fixer son regard sur le garçon sans s'apercevoir que les membres de son équipe échangèrent des coups d'œil nerveux et subtils.

Avec politesse, une infirmière lui demanda timidement :

— Vous êtes prête à commencer, docteur Scully ?

N'abandonne pas, lui dit une voix dans son esprit.

Ce n'était cependant pas celle du père Joe, mais celle de Mulder. *La voix de Mulder.*

Son esprit fut traversé par l'image d'un couple bronzé à bord d'un petit bateau qui glissait paresseusement sur des eaux bleues, sous un ciel ensoleillé, à proximité d'une plage de sable blanc. Elle faillit sourire.

Puis Dana Scully lança au jeune garçon un regard aussi courageux que le sien.

—Oui, finit-elle par répondre. On peut commencer.

La vérité est ici

J'aimerais remercier Frank Spotnitz pour le temps qu'il a consacré pendant la production des *X-Files : Régénération* à répondre à mes questions et à me fournir maintes informations. Je dois le féliciter de sa rapidité, de sa gentillesse et de son soutien. Outre ses réponses à mes questions presque quotidiennes, Frank m'a éclairé sur les costumes, les sites de tournage et les personnages du film, des renseignements très précieux, tandis que j'écrivais le roman au moment même où le film était réalisé.

Richard Harris, un monteur primé aux Oscars, fait partie des personnes-clés avec lesquelles Frank m'a mis en contact. Malgré son travail journalier sur la production du film, Richard a passé plusieurs heures au téléphone afin de me guider au cours d'une scène cruciale – il l'a fait avec talent, patience et humour.

J'aimerais également remercier Debbie Olshan de 20th Century Fox et Sarah Durand de HarperCollins pour m'avoir confié l'écriture de ce roman. Ainsi que mon agent Dominick Abel et ma femme, Barbara Collins, pour son aide éditoriale.

Pour finir, je voudrais rendre grâce au créateur de la série, Chris Carter, et à Frank Spotnitz (une nouvelle fois), les deux hommes sont les coauteurs du scénario du film, pour m'avoir permis de participer à l'aventure *X-Files*, longtemps après que le fan que je suis avait perdu tout espoir de saisir, un jour, une telle occasion.

Achevé d'imprimer en juillet 2008
Par Brodard & Taupin - La Flèche (France)
N° d'impression : 48053
Dépôt légal : juillet 2008
Imprimé en France
81120021-1